O Saci

いたずら妖怪《ようかい》サッシ

密林《みつりん》の大冒険《だいぼうけん》

モンテイロ・ロバート 作

小坂允雄 訳

子どもの未来社

これからも、子どもたちが
生き生きと活躍する本を
作るつもりです。

（M・ロバート　友人への手紙）

1926.5.

“O Saci”
by Monteiro Lobato
Lobato,Monteiro, 1882-1948
O Saci　2nd ed . São Paulo , Globo , 2011.

Published by Editora Globo S/A São Paulo, SP Brasil 2011
This Japanese edition pubulished by KODOMONO-MIRAI Publisher, Tokyo, 2013

Printed in japan

登場人物

ペドリンニョ

いたずら妖怪《ようかい》サッシ

ナリジンニョ

ナスタシアおばさん

ベンタおばあさん

魔女《まじょ》クッカ

バルナベおじいさん

もくじ

もうすぐ休み

ある日の午後、ペドリンニョは学校から帰るとすぐに、おかあさんのトニカに言いました。

「あと一週間で休みがはじまるよ！」

おかあさんは、ふりむいてたずねました。

「今年の休みは、どこですごしたいの？」

「なんてこと聞くの？　おかあさん」

ペドリンニョは、わらって答えました。

「決まっているじゃないか。おばあさんの家だよ」

ベンタおばあさんの家は、「黄色いキツツキ荘《そう》」とよばれています。ペドリンニョは、これまでも、おばあさんの家ですてきな休みをすごしてきました。

おばあさんの家には、いとこのナリジンニョがいます。そして、料理《りょうり》や身のまわりのことをしてくれるナスタシアおばさん。それに、子ブタのラビコ侯爵《こうしゃく》、トウモロコシの芯《しん》でできたサブゴーザ子爵《ししゃく》、人形のエミリアも。

おばあさんは世界一ものしりでやさしいし、ナリジンニョは世界一賢《かしこ》くてすてきないとこです。子ブタのラビコ侯爵《こうしゃく》はくるんとしたしっぽがチャーミング、人形のエミリアは世界一陽気で、トウモロコシのサブゴーザ子爵《ししゃく》は、とても気さくです。

そして、ナスタシアおばさんは世界一の料理《りょうり》の名人で、おばさんがつくったマンジオカ粉《こ》（キャッサバ）の団子《だんご》を一度食べたなら、ほかの人のつくった団子《だんご》なんて匂《にお》いもかぎたくないでしょう。

いとこのナリジンニョから、手紙がとどいていました。

「ペドリンニョへ

わたしは、とってもすてきなことを発見しました。

今年は、みんなの年齢《ねんれい》を合わせると、ちょうど一世紀《せいき》半になるのです。

だから、盛大《せいだい》においわいをしましょうよ。休みにはぜったい来てね！」

「一世紀《せいき》半だって？」

ペドリンニョはびっくりして、みんなの年を思いだしました。

ベンタおばあさんは六十四歳《さい》、ナスタシアおばさんは六十六歳《さい》、ナリジンニョは八歳《さい》、ペドリンニョは九歳《さい》、エミリア、ラビコ侯爵《こうしゃく》、サブゴーザ子爵《ししゃく》はみんな一歳《さい》だから……。

ペドリンニョは、紙に書いて計算してみました。みんなの年を足してみると、ちょうど百五十歳《さい》です。

「ほんとうだ！　一世紀《せいき》半になる」

ペドリンニョは、思わず声にだして言いました。

「ナリジンニョは、なんてすてきなことを考えたんだろう」

今から休みがとても楽しみです。

黄色いキツツキ荘《そう》

ベンタおばあさんの家は、それはとってもすてきなんです。

ちょうどよいくらいにどっしりと古くて、すずしい場所に建《た》っています。

ベンタおばあさんの部屋がいちばん大きくて、となりにナリジンニョの部屋があります。その向かいに、ペドリンニョの部屋があって、ナスタシアおばさんの部屋もあります。

人形たちは、書斎《しょさい》の片《かた》すみにいます。ここには三つの本棚《ほんだな》とナリジンニョの勉強机《づくえ》があります。食堂《しょくどう》は広々としていて大きな窓《まど》があり、庭に面しています。食堂《しょくどう》の奥《おく》には、食器《しょっき》棚《だな》などが置いてあるコーナーと台所があります。

食堂《しょくどう》のとなりには応接間《おうせつま》があって、ピアノと、黒ジャカランダの木でできたソファがあります。このソファには、籐《とう》がピンと張《は》ってあって、ペドリンニョが手のひらでたたくと、歌を歌うように音がでます。そして、ゆったりとした安楽椅子《あんらくいす》が二つ、ひじかけ椅子《いす》が六つあります。部屋の真《ま》ん中《なか》にあるテーブルは大理石でできていて、その脚《あし》はやはり黒ジャカランダです。

壁《かべ》ぎわには、大理石でできた半分の大きさのテーブルが二つあって、小さな飾《かざ》り物《もの》がたくさん置《お》かれています。インディオの衣装《いしょう》をつけた三組の夫婦《ふうふ》、いろいろな形のカタツムリとヒトデ、丸いガラスのローソク立てが二つ……。それらはすべて、ナリジンニョが編《あ》んだ、キラキラ光るビーズの敷物《しきもの》の上に置《お》かれています。昔からブラジルに伝《つた》わる丸いビーズ編《あ》みで、ナリジンニョはベンタおばあさんに編《あ》み方を習いました。最初《さいしょ》は、ベンタおばあさんの洗面台《せんめんだい》に置《お》くものを作ったのですが、ナリジンニョはビーズ編《あ》みがおもしろくなったので、応接間《おうせつま》にもいろいろな色のものを作りました。

応接間《おうせつま》の手前には、お客様のための控《ひか》えの間《ま》があって、床《ゆか》にはうすい茶とピンクの大きな四角いタイルがはってあります。そこから、ベランダにでることができます。

このベランダのすてきなことといったら！　明るいブルーに塗《ぬ》られた木の柵《さく》でまわりが囲《かこ》われていて、六段《だん》ある小さな階段《かいだん》で庭におりることができます。去年の休みに、ペドリンニョはベランダの四つのすみに鉢《はち》を置《お》き、コルチーナ・ジャポネーザをひと株《かぶ》ずつ植えました。これはつる草の一種《いっしゅ》で、幹《みき》は太いよりひものようです。そこから赤味がかったつるがたくさん伸《の》びていて、やがて黄色くなると床《ゆか》までたれて、日本のすだれのようになるのです。ペドリンニョは、ほかにも、いくつかの種類《しゅるい》のランや、小さいハコネシダの鉢《はち》などをぶらさげたり置《お》いたりして、ベランダをまるで小さな庭のようにしました。

ところで、ほんものの庭は、食堂《しょくどう》の向こうにあります。古い年とった植物だけが植えてある、おちついた庭です。

ベンタおばあさんが子どものころに植えた、キンポウゲ、デルフィニューム、千日紅《せんにちこう》、サルノコシカケ、二株《かぶ》のクチナシ、夾竹桃《きょうちくとう》の古木などが生えています。いちばん古いのは、歩道のそばに植えられているサクラランです。壁《かべ》をはって伸《の》び、花を咲《さ》かせます。この植物は大きくなるまでに手がかかるので、もうあまり植える人はいないそうです。

あざやかなマリーゴールドも咲《さ》いています。ナリジンニョは、「この花はお墓《はか》の匂《にお》いがするからきらい」と言います。マリーゴールドはよく墓地《ぼち》に植えられたり、供《そな》えられたりする花だからです。

庭の真《ま》ん中《なか》には、丸い水槽《すいそう》があって、藻《も》で緑色になった陶製《とうせい》のコウノトリが、くちばしから水を噴《ふ》きだしていました。でも、いつだったか、ペドリンニョのパチンコ玉が当たって、頭の部分が欠《か》けてしまいました。水槽《すいそう》のそばには、緑色の古いジョウロが置《お》いてあって、乾期《かんき》には、ナスタシアおばさんがそれで植物に水槽《すいそう》の水をやります。

台所の裏庭《うらにわ》には、ニワトリ小屋や洗濯場《せんたくば》、薪《たきぎ》小屋などがあり、その向こうに果樹園《かじゅえん》が広《ひろ》がっています。裏庭《うらにわ》には古井戸《ふるいど》もありますが、今は裏山《うらやま》から水を引いているので使っていません。果樹園《かじゅえん》に入ると、その美しさにわくわくします。

サクララン

どうしてそんなに美しいかって？　それは、木々が非常《ひじょう》に古いものだからです。木というものは古いほど美しく、その木かげはすずしいものです。若《わか》い木はよい実がなり、背《せ》が低《ひく》いからとりやすいかもしれません。でも美しさにかけては、古い木にかないません。たくとよい音がして、枝《えだ》にはコケやキノコや寄生《きせい》植物などがからまりついていて、その姿《すがた》はとても美しいのです。

この果樹園《かじゅえん》の何本かの木には、それぞれ持主《もちぬし》がいます。ナリジンニョはマンゴーの木、ナスタシアおばさんは数本のパパイヤの木、ペドリンニョは三本のジャボチカバの木、エミリアは奇妙《きみょう》なピタンガの木、サブゴーザ子爵《ししゃく》でさえ自分の木を持っています。曲がりくねって、伸《の》びない小さなザクロの木なんですが。

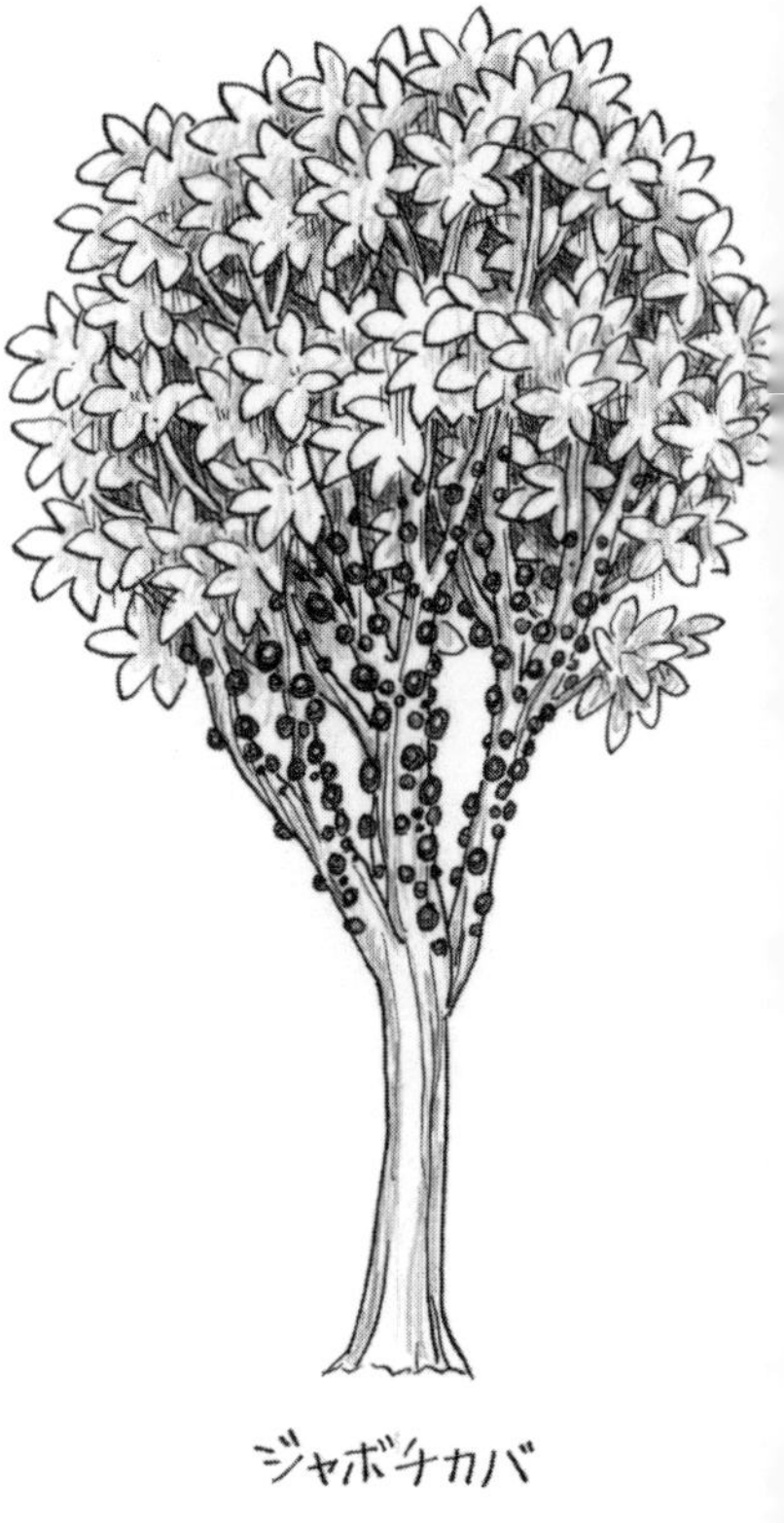
ジャボチカバ

残《のこ》りの木はみんなのものです。なんとたくさんあるのでしょう。カンブカゼイロス、二本のパンの木、数株《すうかぶ》のカベルードとグルミシャメイラ、三株《かぶ》のサポジラ、なかなか大きくならないバンレイシなど……。

古い木ばかりなので、近所の人々は、こんなふうにからかいます。

「ベンタおばあさんの果樹園《かじゅえん》の木は、みんな年よりだから、そのうちぼけてしまって、パンの木はマンゴーの実を、マンゴーの木はオレンジの実をならせるんじゃないかい？」

でも、ベンタおばあさんは、そんなこと気にしませんでした。そして、もう大きくならないバンレイシの木であろうと、一本も切らせはしないのです。

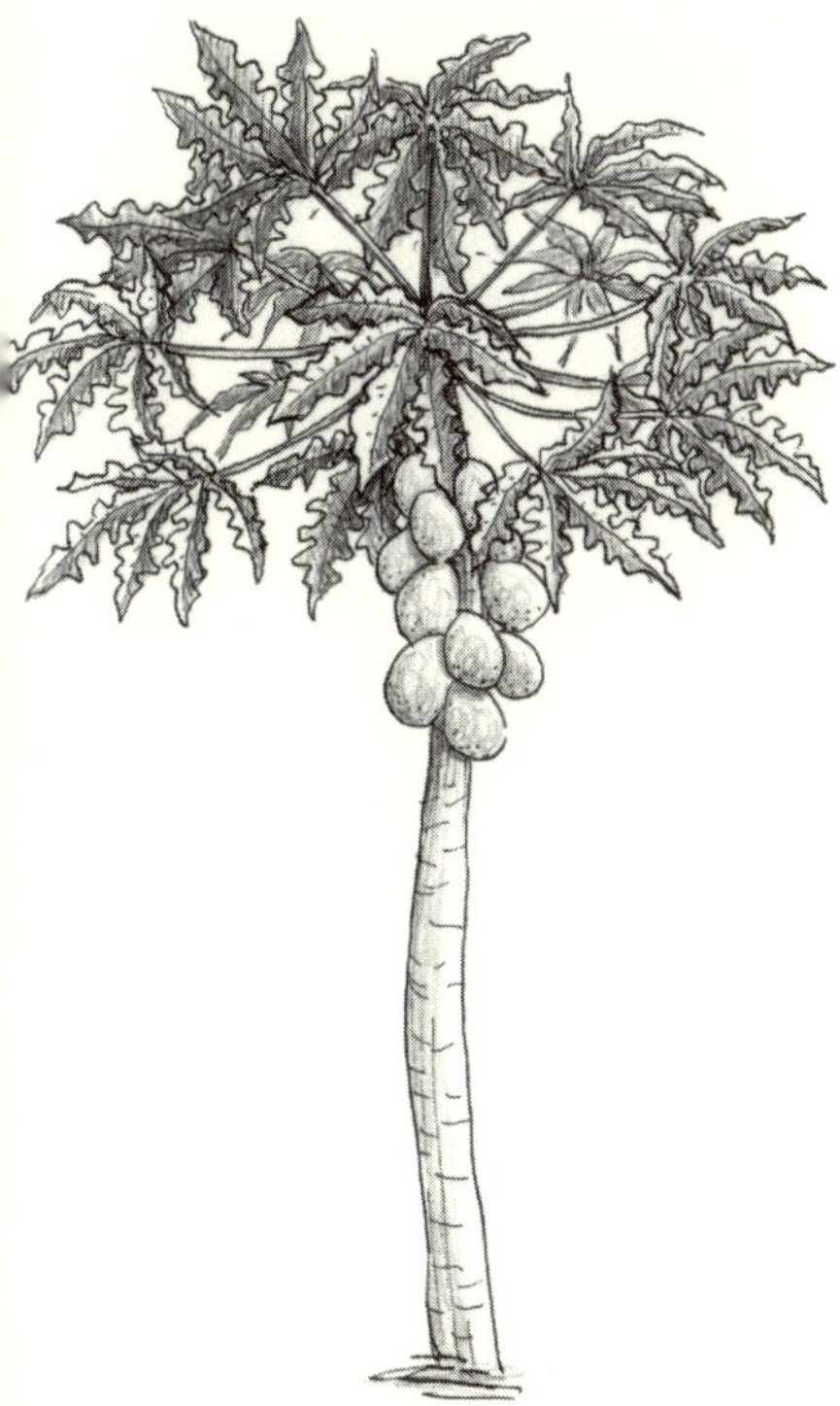

「どの木にも、小さいころの思い出があるからね。たとえば、このバイア・オレンジの木は、果樹園《かじゅえん》の最初《さいしょ》の木だったの。この木をつぎ木して、ほかの何本かが育ったのよ」

そのころ、バイア・オレンジはたいへんめずらしい木でした。その苗木《なえぎ》は、働《はたら》きものだったポルトガル人の、ゼ・ダス・ビシャスさんからもらったものでした。

果樹園《かじゅえん》は静《しず》かですずしく、小鳥やミツバチやチョウチョウがたくさんいました。ベンタおばあさんは、ここにパチンコを持ちこむことをけっして許《ゆる》しませんでした。子どもたちといえば、遊びにいくときはだいたいパチンコを持っていましたが、果樹園《かじゅえん》に入るときだけは、外に置《お》いてくるのです。もちろん、ペドリンニョもここではパチンコを使いません。ですから、小鳥たちは安心して巣《す》を作ることができます。

どんな小鳥たちがいるのでしょう?

オレンジの実がなるころには、胸《むね》の赤いサビアがたくさんやってきます。サビアは、美しい声であの有名な「サビアの歌」をさえずります。親鳥はこの歌を少しもかえることなく、子どもに教えます。そのほか、うすい灰色《はいいろ》のフウキンチョウ、青いアオモリハヤブサ、まっ黒なロウタドリ、たくさんのキンノジコ、ヒメウソ、ティシオ、ズキンマヒワ、ソナ

サビア

シスズメバト、コルイラ……。

ナリジンニョは、コルイラが、小さいクモや虫をさがして、虫食い穴《あな》のある土壁《つちかべ》をつつきまわっているのを見るのがすきでした。この鳥は、からの固《かた》い虫はきらいなのです。いつも尾《お》の羽を立てているのですが、それがなんのためかはわかりません。レンガ色をして、たいへんおとなしい鳥です。沼地《ぬまち》に住むコルイラもいて、いばらを使って大きな巣《す》を作るそうです。

時々、世界でいちばん美しいといわれる赤色のフウキンチョウが、旅の途中《とちゅう》でかわりばんこに飛《と》んできます。でも、長くはいません。この鳥はけっして人に慣《な》れないのです。

「おばあさん、どうしてフウキンチョウは人に慣《な》れないの？」

ペドリンニョは、そう聞いたことがあります。

「それはね、とっても美しいせいだよ。地味《じみ》なスズメなら、人はつかまえようとはしないだろう？　でも、赤いフウキンチョウやアオモリハヤブサのように美しい鳥は、みんながつかまえようとする。だから用心して人のそばにはこないんだよ」

「そうだね。のんびりしあわせに生きるには、スズメのほうがいいんだよ。あの鳥は地味《じみ》で、とくに役に立たないけどね」

「賢《かしこ》い鳥なんだね」

そうそう、果樹園《かじゅえん》の鳥の王様といったら、なんといってもカマドドリです。二羽のカマドドリは、いちばん奥《おく》の大きなパンヤの木に、パンやき窯《がま》の形をした巣《す》を粘土《ねんど》で作っています。とても仲《なか》のよい夫婦《ふうふ》で、けっしてはなれません。一羽がいると、そのそばにはかならずもう一羽がいます。たまたま一羽が少しはなれると、すぐにもう一羽が鳴き声をあげます。「どこにいるの?」と、たずねているようです。すぐに答えが返ってきます。「ここにいるよ」と。

二羽は時どき、デュエットをします。それは、槌《つち》で木を打つような、ひと続《つづ》きの鋭《するど》くにぎやかな音で、果樹園《かじゅえん》中に響《ひび》きわたります。

カマドドリ

「なんておもしろいんだ。いつもいっしょに歌ったり、よびあったりしているなんて。まるでピアノを連弾《れんだん》しているみたいだね！」

ペドリンニョは、楽しくなって言いました。二羽はほんとうに仲《なか》がよく、エミリアが言ったように手をつないで歌っているようです。

ある年、鳥の夫婦《ふうふ》は、べつの枝《えだ》に巣《す》を作ることにしました。

ペドリンニョやナリジンニョたちは十五日間、鳥たちの巣作《すづく》りの仕事をながめて楽しみました。

二羽の小鳥は、川のそばから、粘土《ねんど》のかたまりを口にくわえて運んできて枝《えだ》に置《お》くと、よくくっつくように百回もつつきました。一羽がそれをやっている間に、もう一羽は飛《と》んでいって、粘土《ねんど》をはこんできました。二羽は、かわりばんこに巣作《すづく》りの仕事をしました。

夕方になると巣作《すづく》りをやめ、力いっぱいデュエットをし、古い巣《す》に入って休むのでした。

ナスタシアおばさんは、「鳥も日曜日は働《はたら》かないんだよ」と言っていましたが、ざんねんながら、それはたしかめられませんでした。

ふしぎなことに、夫婦《ふうふ》は新しい巣《す》を作ると、そこへ引っこしをするかわりに、その上に、第二の巣《す》を作ったのです。それを見つけたサブゴーザ子爵《ししゃく》はびっくりして、ベンタおばあさんをよびにいきました。

「見て！　鳥たちは、昨日《きのう》、新しい巣《す》を作りあげたばかりなのに、二つ目の巣《す》を作ろうとしている。ちょうど二階建《にかいだ》てのように。どうして？　おばあさん」

「さあ、わからないね。でも、なにかわけがあるんだろうね」

「もしかして、」と、エミリアが言いました。「ほかの鳥に貸《か》すため？」

みんなは、わらいました。

ナリジンニョが言いました。

「もしかして、子どもたちが飛《と》べるようになった時、そこに住まわせるためじゃない？」

「いいや、それもちがうと思うよ」と、ベンタおばあさんは、考えながら言いました。

「もし親たちが、子どもたちのために家を作ったら、子どもたちは家の作り方を習えなくて、家を作れなくなってしまうだろう？　『作ることは学ぶこと』だと、あの老《ろう》カモインス（十六世紀《せいき》のポルトガルの大詩人）も言っているよ」

「それじゃ、この鳥たちは、なにか考えがあってやっているんだね、おばあさん。知恵《ちえ》があるんだね」

「もちろんだよ、ペドリンニョ。知恵《ちえ》というのは、人間だけではなく、すべての生き物《いきもの》がもっている才能《さいのう》なんだよ。植物でさえ、知恵《ちえ》をもっている。だけど、生き物《いきもの》によって、知恵《ちえ》の程度《ていど》はいろいろちがう。ニワトリや七面鳥は、ほんの少ししか知恵《ちえ》をもっていないけれど、カマドドリの知恵《ちえ》は発達《はったつ》している。そして、あの万有引力《ばんゆういんりょく》を発見したニュートンのように、人間の知恵《ちえ》は偉大《いだい》なんだよ」

ところで、ベランダの前庭には、サン・ジョアン（聖《せい》ヨハネ）の旗《はた》ざおが置《お》いてあります。六月二十四日の聖人《せいじん》の日の前日にこれを立てます。この旗《はた》ざおは、ペドリンニョが作ったのです。森の木を切ってきて、皮をはぎ、赤や黄や青色をきれいにアラブ風に塗《ぬ》りました。さおの先には、木のわくで額縁《がくぶち》を作り、四角いサン・ジョアンの旗《はた》を鋲《びょう》でとめました。旗《はた》は木綿《もめん》の布《ぬの》でできていて、仔羊《こひつじ》を腕《うで》にだいた若《わか》いサン・ジョアンの像《ぞう》が描《えが》かれています。この旗《はた》は、大通りにある、トルコ人のエリアスさんの店で一・五クルゼイロで売っていました。

おばあさんの家の敷地《しきち》は、ブラジルツゲの丸太を割《わ》って作った垣根《かきね》で囲《かこ》まれています。

ちょうど、垣根《かきね》の真《ま》ん中《なか》のところに門があります。門から外は牧草地《ぼくそうち》になっていて、一メートル半くらいの高さの奇妙《きみょう》なかっこうをした蟻塚《ありづか》があります。その向こうには、昔、このあたりが原始林だった時からの古い杉《すぎ》の木が一本立っています。

牧草地《ぼくそうち》のなかには一本の道が通っていて、村まで通じています。村までは一・五レグア（約《やく》十キロメートル）あります。牧草地《ぼくそうち》の終わりの橋の近くには、バルナベおじいさんの小さな家と、大きなイチジクの木があります。そして、そのずっと向こうには、ツカーノの森の大原始林が広《ひろ》がっていて、そこには猛獣《もうじゅう》オンサやダチョウ、シャクケイなどいろいろな動物や鳥が住んでいます。

ほかにもすばらしいものがあります！　小川です。バルナベおじいさんの家のそばを流れ、牧草地《ぼくそうち》をよこぎって、果樹園《かじゅえん》と畑を分けています。小川の水は澄《す》んでいて、川底《かわぞこ》にはさまざまな色をした丸い小石がたくさん散《ち》らばっています。また、川の流れにそって、いくつか小さな白い砂地《すなじ》があります。流れのカーブしているところには淵《ふち》があり、水がよどんで深くなっています。ペドリンニョは、そこでヒメハヤやナマズを釣《つ》ります。水の浅《あさ》い岸辺《きしべ》には、世界一小さい魚のグアルスがいます。

日曜日になると、ナスタシアおばさんは、ザルを持って、貝やカニやエビをとりにでかけます。ペドリンニョとナリジンニョは大よろこびで、飛《と》んだりはねたりしながら、ついていきます。子どもがすきなナスタシアおばさんは、にこにこわらいながら、ベルトのところまで水に入って、流れをくだっていきます。二人は、歓声《かんせい》をあげながら、岸《きし》にそってくっついていきます。

「ここだよ。ほら、この水草の中にいる」

ナスタシアおばさんが、流れになびいている水草の下に、注意ぶかくザルをしずめ、ざっとひきあげると、水がこぼれたあとに、いろんな生《い》き物《もの》たちが飛《と》びはねたり、横になったりしていました。グアルス、バリーグジンニョ、ヒメハヤの稚魚《ちぎょ》、小さなトライラ……。時どき皮の厚《あつ》いみにくいタガメがいたり、ほかにも名前のわからない生《い》き物《もの》たちがザルの中で動いていました。

ある日、ザルに緑色の水ヘビが入っていました。ナスタシアおばさんは、ヘビをつかむと、ぽーんと草の上にほうり投げました。ペドリンニョとナリジンニョは、「きゃっ！」とさけんで、逃《に》げました。

「こわがることはないよ。それは毒《どく》のないヘビだよ」

ナスタシアおばさんは、二人があわてているのを見て、はぐきが見えるくらい大きく口をあけてわらいました。二人が、遠くからこわごわのぞいていると、水ヘビはくねくねと草を分けて、ふたたび水中に消えました。

この漁《りょう》でいちばん大事なえものは、やわらかくて透明《とうめい》な小エビです。ナスタシアおばさんは、エビをたくさんつかまえました。ナリジンニョは、こわごわエビのひげの先をつかみ、ザルからビクに移《うつ》します。この丸いビクを運ぶのは、いつもナリジンニョの役目なのです。

「やれやれ、いったいどこに、かみつくエビがいるんだい？」

ペドリンニョがからかうと、

「いるかもしれないじゃない！」と、ナリジンニョは言いかえしました。

夕食には、カリカリに揚《あ》げられた赤い小エビが、大皿に山盛《やまも》りになってでてきました。

二人は大よろこびで、足を踏《ふ》みならします。そして、もしその小エビの中に、小さなトライラかナマズがまじっているとたいへんなことになります。

「トライラはぼくのだ！」

ペドリンニョがさけべば、ナリジンニョもまけずに大声をあげます。

「いいえ、わたしのよ！」

すると、ベンタおばあさんがソロモン大王（イスラエルの偉大《いだい》な王）のように、すばらしい判決《はんけつ》を下《くだ》して問題を解決《かいけつ》します。

「お前たちが二人で、トライラが一つしかない時は、わたしが食べます。お前たちは小エビを分けなさい」

二人はすぐにまたエビを食べはじめ、大皿の小エビはみるまに少なくなっていき、最後《さいご》には、小エビのひげさえ一本も残りませんでした。

いたずら妖怪《ようかい》サッシ

ある時、ペドリンニョはベランダから遠くの地平線を見ていました。そこには、あたりをとり巻《ま》く深い緑色の帯《おび》のように、原始林のツカーノ大森林が広《ひろ》がっていました。

「密林《みつりん》に狩《か》りをしにいきたいなあ」

ペドリンニョがつぶやくと、脚《あし》を短かく切った安楽椅子《あんらくいす》にすわって編《あ》み物《もの》をしていたベンタおばあさんは、眼鏡《めがね》をあげ、きっとした口調《くちょう》で言いました。

「あの密林《みつりん》には、猛獣《もうじゅう》のオンサがいるのを知らないのかい？　オンサは、うちの牧草地《ぼくそうち》に入りこんで、かわいいメスの子牛をつかまえたこともあったんだよ」

「ぼく、オンサなんかこわくないよ！」

ペドリンニョは、大声で言いました。

「そうかい？　いさましいことだね。でも、だれだっけ？　鼻をハチに刺《さ》されて大声でわめきながら帰ってきたのは……」

ベンタおばあさんは、ニヤニヤしながら言いました。

「そりゃ、ハチはこわいよ。だけどオンサなら、ぼくの新しいパチンコで、左の目をねらって一撃《いちげき》、それから鼻面《はなづら》に一発バチン！　とあててやるさ」

「わかったよ。でもね、密林《みつりん》にはオンサのほかにも、強い毒《どく》をもっているコブラやクサリヘビもいるんだよ」

「コブラだって？　ふふん、コブラなんか木の棒《ぼう》で殺《ころ》せるさ。こわいもんか」

ベンタおばあさんは、孫《まご》の勇気《ゆうき》をほめようかな、と思いましたが続《つづ》けました。

「トリクイグモやオオツチグモもいるんだよ。あいつらときたら、毛むくじゃらで大きくて、小鳥のひなをパクリと一口で食べてしまうんだ」

「へん、」

ペドリンニョは、鼻をならして、足で床《ゆか》をぎゅっぎゅっとこすりました。

「毒《どく》グモなんか、踏《ふ》みつけてやるよ」

ベンタおばあさんは、まじめな顔をして、最後《さいご》にこう言いました。

「そして、サッシもいる」

ペドリンニョは、今までの元気はどこへやら、急にだまってしまいました。町の子どもだろうと、田舎《いなか》の子どもだろうと、子どもはみんなサッシを恐《おそ》れています。

サッシとは、さまざまないたずらをする妖怪《ようかい》なのです。

この日から、サッシのことが、なぜかペドリンニョの頭からはなれなくなりました。つい話すのはサッシのこと、調べるのもサッシのこと……。

「ねえ、ナスタシアおばさんは、サッシに会ったことがある?」と聞くと、

「ああ、恐《おそ》ろしい!」と、おばさんは、胸《むね》の前で十字《じゅうじ》を切ってから答えました。

「町にいる白人のなかには、サッシなんていないと言う者もいるけれど、サッシはほんとうにいるんだよ。森で生まれて森で死んでいく黒人たちは、みんなサッシを見たと言っている。げんにわたしは、サッシを見た人を知っているよ」

ペドリンニョは思わずのりだしました。

「それはだれ?」

「バルナベおじいさんだよ。あの人はほかの妖怪《ようかい》のことも知っている。頭のないロバ、ムラ・セン・カベッサやオオカミ男なんかのこともね」

「へえ、そうなんだ」

ペドリンニョは目を大きく見開《みひら》いて、うなずきました。

バルナベおじいさん

バルナベおじいさんは、橋のそばの草ぶきの小屋に住んでいて、年は八十歳《さい》をこえています。

次の日、ペドリンニョは、だれにも言わずにおじいさんに会いにでかけました。

おじいさんは、小屋の前に置《お》いた椅子《いす》にすわって、日なたぼっこをしていました。

「こんにちは、バルナベおじいさん」

「やあ、ペドリンニョ」

おじいさんは、やさしくわらいました。

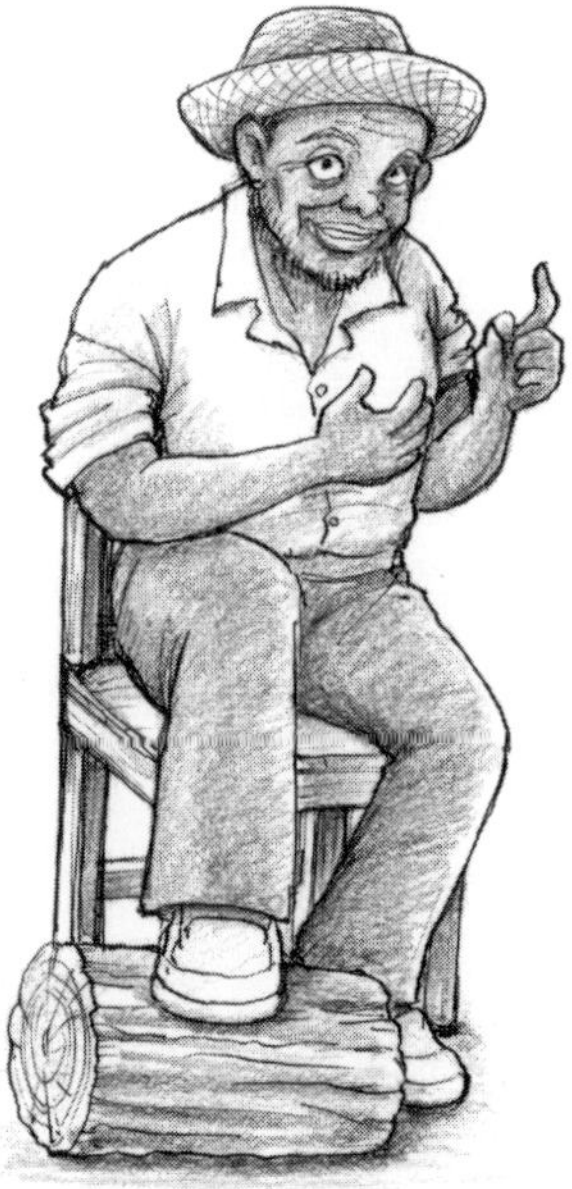

「ねえ、知りたいことがあるんだけど、だれも話してくれないんだ」

「ほう？　どんなことだい？」

ペドリンニョは、おじいさんの耳にささやくように言いました。

「サッシのことさ。サッシはほんとうにいるの？」

おじいさんは、きざみ煙草《たばこ》を古いパイプにつめ、ゆっくりうなずいて話しだしました。

「いるさ、ペドリンニョ。サッシはたしかにいる。なんといっても、このわしが会っているんだからな。最初《さいしょ》に見たのは、ちょうどおまえくらいの子どものころだった。そのころ、ブラジルではたくさんの黒人が奴隷《どれい》として働《はたら》いていたんだ。わしも、パッソ・フンドの農場で働《はたら》いていた。その農場は、ここのコロネル・テオトニオさんのお父さんの、メージャー・テオトニオのものだったんだ。ベンタおばあさんの親代わりだった人だ。そこでサッシを見たんだよ……」

「もっとくわしく話して！　ナスタシアおばさんが、おじいさんはなんでも知っていると言っていたよ」

「まさか、なんでも知っているはずはない。いくら八十歳《さい》をこえているからといってな。

まあ、長生きした分、いろんなことを知ってはいるがな」

「ねえねえ、サッシってどんなものなの？」

おじいさんは、うん、とうなずいてふたたび話しだしました。

「サッシというのは、一本足の小さな妖怪《ようかい》だ。ぴょんぴょんはねて歩いて、いろんな生《い》き物《もの》を踏《ふ》みつけにする。いつも、火のついた小さなパイプを口にくわえ、頭には赤い三角ぼうしをかぶっているのさ。サッシの力のもとは、そのぼうしにあるんだよ。ちょうどサムソン（古代イスラエルの怪力《かいりき》の持主《もちぬし》）の力が髪《かみ》の毛《け》にあるのと同じなんだな。そのぼうしをとって、かくしちまうことができれば、サッシの主人となることができるんだ」

「サッシって、どんないたずらをするの？」

「ありとあらゆるいたずらだ」

おじいさんは、これでもかというほど、いたずらをあげました。

「ミルクをくさらせたり、針《はり》の先を折《お》ったり、つめ切りばさみをかくしたり、糸巻《いとま》きの糸をもつれさせたり、裁縫《さいほう》の指ぬきをぬけなくしたり、スープにハエを入れたり、火にかかっている豆をこがしたり、ニワトリがだいている卵《たまご》をかえらなくしたり。くぎを見つければ、先のほうを上にしてだれかの足にささるように置《お》いたりする……。家の中でよくないことが起《お》きたら、ほとんどぜんぶ、サッシがやっているというわけだ。それだけじゃないぞ。家の中だけじゃ満足《まんぞく》しないで、犬をいじめたり、ニワトリを踏《ふ》みつけたり、牧場《ぼくじょう》の馬の血を吸《す》って苦しませたりする。サッシはひどい悪《わる》さはしないが、いたずらだったら、やったことのないいたずらはないくらいなんだ」

「人間は、サッシを見ることができるの？」

「もちろん」

おじいさんはうなずきました。

「わしは、なんども見たよ。つい先月もサッシがやってきて、家の中を引っかきまわしていったよ。じゃが、最後《さいご》には、わしがあいつに、りっぱな教訓《きょうくん》をあたえてやった……」

「どんなふうに？」

ペドリンニョはのりだしました。

「ある日の夕方、暗くなって家に入り、ひとりでお祈りをした。そして、ポップコーンが食べたくなったから、かまどのそばのよくかわいたトウモロコシを一本とって、つぶをシチュー鍋《なべ》に落として火にかけたんだ。それから、部屋のすみで椅子《いす》にすわって、キセルに煙草《たばこ》をつめていると、外で小さな物音がした。『サッシが来たな』と思ったね。わしは、そっと窓《まど》のほうを見つめて待《ま》った。しばらくして、小さな影《かげ》が窓《まど》ぎわに現《あらわ》れた。顔や体は石炭のようにまっ黒で、頭に赤い三角ぼうしをかぶり、口に小さなパイプをくわえている。『やっぱり思ったとおりだ』。わしは、すぐにねむったふりをきめこんだ。サッシは、窓《まど》から中をのぞくと、左右を見まわし、家の中へ飛《と》びこんだ。そうして、そろりそろりと、わしのそばへやってきて、いびきをたしかめると、ほんとうにねむっていると思ったんだな。小さな鼻であたりの匂《にお》いをかぎながら、そのへんにあるものを引っかきまわしはじめた。ちょうどその時、トウモロコシがポン、ポンとはぜはじめたもんだから、あいつはかまどに近づいていった。シチュー鍋《なべ》のそばにしゃがみ、顔をしかめて、呪文《じゅもん》をかけた。すると、ポップコーンはしーんとして、ぴくりとも動かなくなってしまった。

それからあいつは、ニワトリの巣《す》に目をとめた。足に毛があって、白と黒のもようのあるニワトリが、部屋のすみの古いカゴに巣《す》を作って、卵《たまご》をだいていたんだ。サッシは、カゴをゆさぶり卵《たまご》に呪文《じゅもん》をかけた。すると、卵《たまご》はぜんぶくさってしまったんだ。かわいそうに、ニワトリは死ぬほどびっくりして、コッコッコッとさけんで、ハリネズミよりもっと毛をさかだてて、巣《す》から飛《と》びだしていったよ。

それから今度は、机《つくえ》の上に素焼《すや》きのキセルがあるのを見つけて、火をつけ、スパー、スパー、スパー……と、ちょうど七回煙《けむり》をはいた。サッシは「七」という数がだいすきなんだ。わしは心の中で思っていた。『今日はどんないたずらでもするがいい。こんど来る時には、おまえのためにいいものを用意しておくからな。おまえはかならずまた来るだろう。そのときにはもういたずらをできないようにしてやるぞ』とな。

サッシはそこらじゅうを引っかきまわして帰っていった。わしは、あいつをやっつける計画を考えた」

「それで、サッシはまたやってきたの？」ペドリンニョはたずねました。

「もちろんさ！　つぎの金曜日、同じ時刻《じこく》にやってきた。窓《まど》から中をのぞきこみ、寝《ね》たふりをしているわしのいびきをたしかめ、家の中へ飛《と》びこんできたのさ。そして、前と同じようにそこらじゅうを引っかきまわしてから、キセルのところにやってきた。同じように机《つくえ》の上に置《お》いておいたんでな。あいつはそれを口にくわえると、かまどのところへ行って、火を手の中でおどらせながらとった」

「サッシの手に穴《あな》があいているというのは、ほんとうなの？」

「ほんとうさ。てのひらの真《ま》ん中《なか》に穴《あな》があいていて、火をつかむ時は、ふざけて片方《かたほう》の手の穴《あな》からもう一方の穴《あな》へ、通したりするんだ。サッシは、火をとってキセルの中に入れ、一服《いっぷく》するために足を組んですわった」

「え？　どんなふうにして？」ペドリンニョは、目を丸くして大声で言いました。

「だって、サッシは一本足じゃないか。どうやって足を組むの？」

「そうさ、ペドリンニョ。たしかに、サッシには足は一本しかないけれど、足を組みたいと思ったときは組めるんだ。これは、サッシだけがわかることで、だれにもそのことは説《せつ》明《めい》はできない。とにかくサッシは足を組んで、一服《いっぷく》、二服《にふく》、気持ちよさそうに煙草《たばこ》を吸《す》いだした。そのとき、とつぜん、パン！　と大きな音がして、煙《けむり》が立ちこめた。サッシときたら、びっくりして遠くまですっとぶと、風のように窓《まど》から逃《に》げていったよ」

「なぜ、パンって音がしたの？　ぼくにはさっぱりわからないんだけど」

ペドリンニョは首をかしげました。

バルナベおじいさんは、大きな声でわらいだしました。

「それはな、わしがパイプの底《そこ》に花火をつめておいたからだよ。花火は、サッシがちょうど七度目を吸《す》ったときに爆発《ばくはつ》した。サッシは顔に軽いやけどをして、二度と帰ってこなかったというわけだ」

「そうなんだ。かわいそうに！」

ペドリンニョは思わずそう言いました。いたずらずきのサッシをなんとなくにくめなくなっていたのです。そして、サッシと友だちになれたらどんなにいいだろうと思いました。

「もうここへは来ないのかな？」

「どうかな」

おじいさんは、ペドリンニョを見ました。

「サッシは一人だけではないんだよ。あのサッシは行ってしまったが、ほかのサッシが来るかもしれない。先週も、キンカス・テイシェイラの牧場《ぼくじょう》に現《あらわ》れて、めす馬の血を吸《す》ったというぞ」

「サッシは、どんなふうにして馬の血を吸《す》うの？」

「それはな、たてがみに、結《むす》び目《め》のようなものを作って足を通し、それにつかまって首の血管《けっかん》に歯を立てて吸《す》うんだ。ちょうどコウモリのようにな。かわいそうに、血を吸《す》われた馬は驚《おどろ》いて、野原を走れなくなるまで全速力でかけまわったというよ。サッシに血を吸《す》われないためには、馬の首にお守《まも》りをかけておけばいいんだ」

「お守《まも》りがあれば平気なの？」

「ああ。十字架《じゅうじか》か、お守《まも》り札《ふだ》をさげておくと、サッシは硫黄《いおう》の匂《にお》いをだしながら、いちもくさんに逃《に》げていってしまうんだ」

サッシをつかまえる

バルナベおじいさんの話はとてもおもしろかったので、ペドリンニョは、それからもずっと、サッシのことばかり考えていました。

そしてそのうち、どこにいても、サッシが近くにいるような気がしてきました。

ベンタおばあさんは、そんなペドリンニョをひやかすように言いました。

「気をつけるんだよ。サッシのことばかり考えていて、とうとう、サッシになってしまった子どもだっているんだからね」

ペドリンニョは、そんなことを言われてもぜんぜん気にしないで、サッシのことを考えていました。

ある日、ペドリンニョは、ふたたびバルナベおじいさんをたずねました。

「ぼく、サッシをつかまえようと思うんだ。ねえ、やり方を教えて！」

バルナベおじいさんは、にっこりしました。

「そういう勇気《ゆうき》のある子が、わしはすきだよ。それでこそ、頭のないロバ、ムラ・セン・カベッサさえ恐《おそ》れなかった、老《ろう》セニョールの孫《まご》だ」

おじいさんにほめられて、ペドリンニョはますますやる気になりました。

「さて、サッシをつかまえる方法《ほうほう》だが、ザルを使うのがいちばんいい。十字編《じゅうじあ》みのザルを用意するんだ」

「十字編《じゅうじあ》みのザル？　それはどんなもの？」

「二本の幅広の竹が真《ま》ん中《なか》で十字《じゅうじ》に交差《こうさ》している、じょうぶなザルだよ。そら、ここにある」

バルナベおじいさんは、部屋のすみっこにあったザルをとりだしました。

「いいかい。こんなザルを準備《じゅんび》したら、風が強くて、ほこりやかれ葉が渦《うず》を巻《ま》く日を待《ま》つんだ。その日がきたら、その渦《うず》に注意ぶかく近づいて、さっとザルをかぶせるんだ。なにせ、その渦《うず》はサッシが作っているものだからな」

「それからどうするの？」

「ザルをかぶせたら、サッシをビンに入れて、固《かた》く栓《せん》をしてしまうことだ。そのとき、その栓《せん》に十字《じゅうじ》の印《しるし》をかくことを忘《わす》れちゃいけない。サッシをビンに閉《と》じこめるのは、栓《せん》ではなくて十字《じゅうじ》の印《しるし》なんだよ。それから、赤い三角ぼうしをとって、だれにもわからないところへかくしておくことだ。三角ぼうしのないサッシなんて、煙草《たばこ》の入ってないパイプのようなものさ。昔、わしは、サッシをビンにつめて持っていた。サッシは、わしのためにいろんな仕事をしてくれたものさ。しかし、ある日、わしの親がわりのバスチオンさんの家に住んでいる、元気な混血《こんけつ》の女の子がきて、ビンをさんざんいじくりまわし、割《わ》ってしまった。すると、たちまち硫黄《いおう》の匂《にお》いがして、一本足の小さい妖怪《ようかい》は、壁《かべ》の釘《くぎ》にかかっていたぼうしの上にとび乗り、『さよなら！』と、一瞬《いっしゅん》のうちに消えてしまったよ……」

おじいさんの話をじっくり聞いたペドリンニョは、なんとしても、サッシをつかまえようと決心しました。その計画をナリジンニョに話すと、いっしょにやりたいと言いました。

二人は、十字《じゅうじ》に編《あ》んだじょうぶなザルを用意し、聖《せい》バルトロメウスの日を待《ま》ちました。その日は、一年中でいちばん強く風が吹《ふ》く日でしたから。

待《ま》ちに待《ま》ったその日が、とうとうやってきました。朝早くから、ペドリンニョとナリジンニョは広《ひろ》いコーヒー干場《ほしば》にでて、ザルを手に渦《うず》を待《ま》ちました。そんなに待《ま》つ必要《ひつよう》はありませんでした。強い風で牧草地《ぼくそうち》にできた渦巻《うずま》きは、ペドリンニョたちのいる干場《ほしば》のほうへやってきました。

「来たわよ！」ナリジンニョがさけびました。

ペドリンニョは、一歩一歩渦《うず》に近づいていくと、「えいっ！」とザルをかぶせました。

「やったぞ！」

ペドリンニョは、体ごとザルの上におおいかぶさりました。

「とうとうサッシをつかまえた！」

「ほんとう？」

「ナリジンニョ、急いでベランダの黒いビンをとってきて。大急ぎだよ！」

飛《と》ぶように走って、ナリジンニョはすぐにもどってきました。

「いいかい？　ほんの少しだけザルを上げるから、ビンをさしこんで」

バルナベおじいさんが言うには、ザルの中に黒いビンを入れると、サッシは自分からその中に入るそうです。それは、サッシは暗闇《くらやみ》がすきなので、暗いところに入っていく性質《せいしつ》があるからです。ナリジンニョは、そうっとビンをザルの中に入れました。

「いいぞ、あとは十字《じゅうじ》の印《しるし》がかいてある栓《せん》を、ぼくのポケットからだして」

あとはビンに栓《せん》をすればいいのです。ペドリンニョは栓《せん》を受けとると、ビンの口におしこみました。

「やった！」

大得意《だいとくい》になって、ペドリンニョはビンを持ちあげ、光にかざしました。

「あれ？」

ビンの中はからっぽでした。

「なによ。なにもいないじゃない」

ナリジンニョは、ビンをのぞいて、ぷいとそっぽを向きました。ペドリンニョもこんなはずはないと、がっかりしました。

ペドリンニョは、からのビンをもって、バルナベおじいさんをたずねました。

するとおじいさんは、にっこりしてうなずきました。

「うまくやったな、ペドリンニョ。サッシはビンの中にいる。でも、今は見えないんだよ」

「え、なぜ？」

「サッシが見えるのは、ねむくなった時だけなんだ。ひどく暑い日に、まぶたが重くなって、くっつきそうになるときに見てごらん。だんだんにサッシの形が見えてきて、やがて、はっきり姿《すがた》を見ることができるよ。そして、その瞬間《しゅんかん》から、サッシを思いのままに使うことができるんだ」

「うわあ、ほんと！」

「だから、固《かた》く栓《せん》をしてビンをしまっておくんだ。その中にサッシがいることは、わしが保証《ほしょう》する」

ペドリンニョは、うれしくて飛《と》びあがりそうになりました。そして、ビンをにぎりしめました。

「サッシは、たしかにこの中にいる。見えないだけなんだ」

ペドリンニョは、自分の部屋にビンを大切にしまいました。

ナスタシアおばさんは、妖怪《ようかい》がだいきらいでしたから、この話を聞くと、ペドリンニョの部屋にはけっして近づこうとしませんでした。そして、こうなげきました。

「神様、わたしは、サッシが置《お》いてあるような部屋には近づきたくありません。ベンタおばあさんが、あんな妖怪《ようかい》を家に置《お》くことをどうして許《ゆる》したのか、わたしには、まったくわかりません。キリスト教徒《きょうと》のすることとは思えません！」

サッシが見えた！

ある日、ペドリンニョは、ベンタおばあさんに、バルナベおじいさんのところへ行くとうそを言って、こっそり密林《みつりん》へでかけました。パチンコも持たずに。だって、ビンにつめたサッシを持っていれば、どんな大砲《たいほう》や機関銃《きかんじゅう》よりすごい武器《ぶき》になるのですから。

「うわあ、なんてすてきなんだろう！」

ペドリンニョはびっくりしました。密林《みつりん》は、大きく堂々《どうどう》としていて、美しい場所でした。コケやツタがからまった古い大木、大蛇《だいじゃ》のように地上をはう根、網《あみ》の目のようにはうツル、さまざまな枝《えだ》や木の葉、そして森がつくるしめった空気と影《かげ》……。ペドリンニョは、

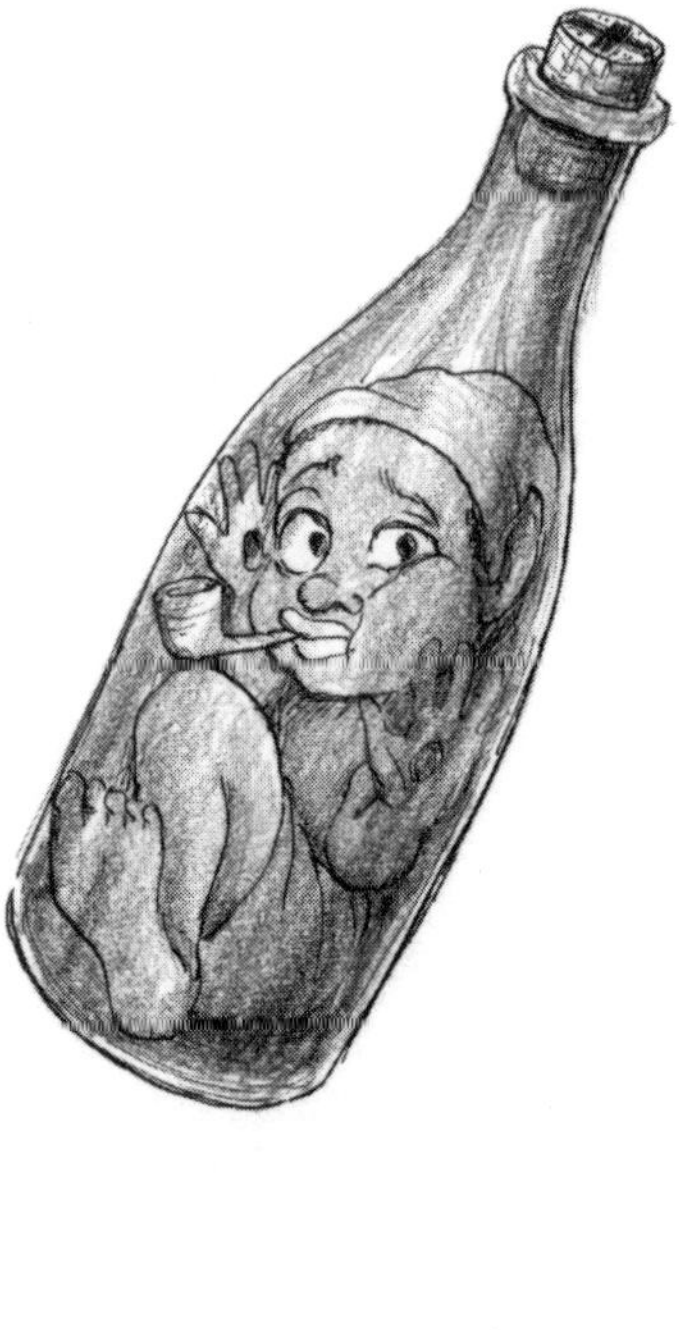

こんなにすばらしい場所に来たことはない、と感じました。

時々、聞いたことのないような音がひびきます。シギダチョウやシャクケイが木の茂《しげ》みの中を飛《と》びまわる音や、くさった枝《えだ》が、高いところから地面に落ちてつぶれるような大きな音です。それは、「ドオーン」とひびきました。

そして、なんとたくさんのチョウチョウがいるのでしょう。孔雀《くじゃく》の尾《お》のように青いのや、木の皮のような灰色《はいいろ》のや、卵《たまご》の黄身のような色のチョウチョウたち。

もちろん鳥もたくさんいます。

「うわっ、大きなツカーノだ。くちばしが体より大きくて、えさ袋《ぶくろ》がきれいな黄色をしている。あ、キツツキが木の幹《みき》をつつくのを止《や》めて、こっちをめずらしそうに見ているぞ」

小ザルのむれも見ました。枝《えだ》から枝《えだ》へ、ひょいひょいと身軽に飛《と》びうつったり、時計のふり子のように、シッポで枝《えだ》からぶらさがったり……。

ペドリンニョは、森の奥《おく》へ入っていき、澄《す》んだ水が流れているところまでやってきました。その水は、コケがびっしりついた岩の間を、さらさらと音をたてて流れていました。

その流れのふちには、すらりとしたウラジロが立っていて、大きなものは椰子《やし》の木のようにも見えました。こまかい葉をつけたたくさんのアジアンタム、地面には、一面にやわらかそうなコケが生えています。

ペドリンニョは、密林《みつりん》がすっかり気に入って、ここでひと休みしようと思いました。落ち葉をかき集めてベッドを作り、頭の下に手を組んで、あおむけに寝《ね》ました。今まで味わったことのない、うっとりするような気持ちでした。大きな青いチョウチョウがひらひらと音もなく飛《と》んできました。それを目で追いながら、セミの鳴き声に耳をかたむけます。最《さい》高《こう》の気分でした。ペドリンニョはうとうとしはじめました。

すると、となりに置《お》いたビンの中で、なにかが動いているのが見えました。サッシです。なにか言いたそうに、手ぶり身ぶりをしています。

ペドリンニョはそれほど驚《おどろ》きませんでした。いつか姿《すがた》を見せてくれると信《しん》じていたからです。

「どうして、そんなにあせっているんだい？　いたずら妖怪《ようかい》くん」

少しふざけて、ペドリンニョはたずねました。すると、サッシの声が聞こえました。

「のんびり寝《ね》ころんでいる場合じゃないぞ！　ここは、森の中でいちばん危険《きけん》な場所なんだ。もし夜までここにいたら、きみは、この世のものではなくなってしまう！」

ペドリンニョは、驚《おどろ》いて背筋《せすじ》が寒くなりました。

「どうして？」

「ここは、ちょうど密林《みつりん》の真《ま》ん中《なか》で、たくさんの妖怪《ようかい》たちがやってくる場所なんだ。サッシはもちろん、オオカミ男や魔女《まじょ》、カイポラ、恐《おそ》ろしい頭のないロバ、ムラ・セン・カベッサもね」

「ええ～っ！」

ペドリンニョは飛《と》びおきました。

「おれの助けがなければ、きみは密林《みつりん》で迷子《まいご》になって家には帰れないよ。このおれだけが、きみを助けることができる。でも、助けるなら条件《じょうけん》がある」

「あ、ビンからだせというんだろう？　その手にはのるもんか」

ペドリンニョは、先まわりして言いました。

「そのとおりだ。おれをビンからだしてくれるなら助けるよ」

ペドリンニョは、せっかくつかまえたサッシを逃《に》がすなんていやだと思いました。でもほかに方法《ほうほう》がありません。

ペドリンニョは、サッシをじっと見て言いました。

「約束《やくそく》してくれ。ぼくを危険《きけん》から守って、ベンタおばあさんの家までつれて帰るって」

サッシは、ちょっといばって返事をしました。

「ああ。きみは、ビンをあけて、おれを外にだす。おれは、きみをおばあさんの家までつれていく。このことをサッシの言葉にかけて誓《ちか》う」

ペドリンニョは、ビンのふたをとりました。

サッシは、ビンから飛《と》びでると、大よろこびで踊《おど》りだし、なんども宙返《ちゅうがえ》りをしました。あまりにうれしそうなので、ペドリンニョは、何日もビンに閉《と》じこめていて悪《わる》かったな、と思いました。そしてサッシの主人になるのではなく、友だちになりたいと思ったのです。

サッシは、気分よく言いました。

「ようし、それじゃあ、この密林《みつりん》の秘密《ひみつ》をおしえよう！」

「密林《みつりん》の秘密《ひみつ》だって？」

「ああ、たぶん、きみはその秘密《ひみつ》を知る最初《さいしょ》の人間になるだろう。まず、サッシの生まれるところへ案内《あんない》しよう」

「サッシの生まれるところだって？」

「ああ、おれや兄弟たちが生まれたところだ。太陽がでている間は、サッシたちのかくれ場所にもなっている。太陽はおれたちのいちばんの敵《てき》だからな。月こそが永遠《えいえん》の恋人《こいびと》。だからおれたちは『暗黒《あんこく》の子』とよばれる。ところで、『暗黒《あんこく》』を知っているかい？」

「ああ、真《ま》っ暗闇《くらやみ》のことだろう？」

「そうだ。ほんとうの暗闇《くらやみ》のことだ」

サッシは話しながら、森の奥《おく》へ分けいりました。ペドリンニョも後からついていきました。二人は、竹がびっしり生えている広場にでました。その竹のひと節《ふし》は、ペドリンニョの背丈《せたけ》ほどもあって、とても厚《あつ》くてかたそうです。

「すごいなあ、こんなところがあったんだ」

ペドリンニョは、驚《おどろ》いて見回しました。

サッシの生まれるところ

サッシは、竹に手をあてて言いました。

「この節《ふし》の中で、おれたちの兄弟は生まれて育つんだ。外へでる年齢《ねんれい》になると、節《ふし》に穴《あな》をあけ、飛《と》びだしてくる。よく見てごらん。穴《あな》のあいた節《ふし》がたくさんあるだろう。その一つひとつから、サッシが飛《と》びでたのさ」

ほんとうに、穴《あな》のあいた節《ふし》がいくつもありました。

「ここで育っている、小さいサッシを見てみたいなあ」

ペドリンニョは、竹をコンコンとたたいてみました。

「ああ、見せてやろう。だが、節《ふし》に穴《あな》をあける方法《ほうほう》はサッシだけの秘密《ひみつ》なんだ。だから、ちょっと後ろを向いていてくれ」

「わかった」

ペドリンニョは、後ろを向いて待《ま》ちました。

「よし、もういいよ」

サッシの声でふりむくと、節《ふし》に小さな穴《あな》が窓《まど》のようにあいていました。

「ここからのぞいていいの？」

「ああ、だが片方《かたほう》の目だけでのぞくんだ。もし両目でのぞいたら、小さいサッシがすっかり目をさまして、パイプの火を投げつけてくるぞ」

「わかったよ」

ペドリンニョは、片方《かたほう》の目で穴《あな》からそっとのぞきました。すると、ネズミほどの大きさの小さなサッシが、火のついたパイプを口にくわえ、三角ぼうしをかぶって、節《ふし》の底《そこ》にひそんでいるのが見えました。

「かわいいな！」

ペドリンニョは思わず声をあげました。

「ナリジンニョにも見せてあげたいよ」

「このサッシは、まだ四歳《さい》だ。節《ふし》の中には七年間いて、それから外の世界にでて、きっかり七十七年間生きる。その後、おれたちは、オレリャス・デ・パウという毒《どく》キノコになるんだ」

ペドリンニョは、夢《む》中《ちゅう》になって、穴《あな》から小さいサッシのようすを見ていました。

「もういいだろう？」

サッシが、後ろから袖《そで》を引っぱりました。

「もう一度、後ろを向いていて。穴《あな》をふさぐから」

ペドリンニョが後ろを向いて、ふたたびふり向いた時には、穴《あな》はあとかたもなく消えていました。

ちょうどその時、大きなネコのような、恐《おそ》ろしい鳴き声がひびきました。

「オンサだ！」サッシはさけびました。

「まっすぐこっちへ向かってくるぞ。急《いそ》いで木にのぼろう」

ペドリンニョは、あわてて、すぐ目の前のツルでおおわれた古いジャカランダの木にのぼろうとしました。

「その木はだめだ！」サッシは大声をあげました。
「幹《みき》が太いから、オンサものぼれる。もっと、すべすべして、ほっそりした木を選《えら》ばなくちゃ。あれがいい。ブラジルツゲの木だ」

サッシは左のほうにある木を指さしました。二人は、急《いそ》いで木にのぼりました。ペドリンニョは、こんなにすばやく木のぼりをしたことはありませんでした。すぐにのぼらないと、オンサの大きな口にのみこまれてしまう、と思ったからです。でもサッシは、そのうなり声で猛獣《もうじゅう》はまだ百メートルくらい向こうにいるとわかっていたので、おちついて木のまたのところに体をのせました。ペドリンニョも同じようにしました。

そして、まだ一度も見たことのない猛獣《もうじゅう》オンサを見るために、身がまえました。

オンサとはジャガーのことで、インドのヒョウに似《に》ていますが、それよりも大きく、もようをよく見ると黒い輪《わ》の真《ま》ん中《なか》に黒い点があります。

猛獣《もうじゅう》オンサ

すぐ近くで、オンサのうなり声がしました。もうそこまで来ています。

木の茂《しげ》みが揺《ゆ》れると、ヒョウもようのオンサの頭が現《あらわ》れました。ベンガルトラくらいの大きさで、美しい毛並《けなみ》みをしています。オンサは立ち止まって、あたりの匂《にお》いをかぎました。そして、ゆっくり木を見上げました。

木の上にペドリンニョとサッシを見つけると、満足《まんぞく》そうにうなりました。まるで、「今日の晩《ばん》ごはんを見つけたぞ」というようでした。それから、足を木にかけてのぼろうとしました。けれど細くてつるつるしてのぼれないとわかると、木の幹《みき》をはげしく引っかきま

した。

ペドリンニョは、熟《じゅく》したパンの木の実のように、あやうく下へ落ちるところでした。でも、どうにかしがみつきました。オンサはがっかりして、二人が降《お》りてくるまで待《ま》つことにしたようです。地面に後ろ足を折《お》ってすわり、シッポを動かし、時どき舌《した》なめずりをしながら、じっとしています。

「オンサは、このまま三日三晩《ばん》は待《ま》つだろうな」サッシが言いました。

「えー、そんなに？」ペドリンニョはぎょっとしました。

「だから、追いはらう方法《ほうほう》を考えなければならないぞ」

サッシは、あたりの木を見まわし、近くの木に飛《と》びうつりました。さらに、木から木へ飛《と》んで、豆の入った大きなサヤがぶらさがっている木のところまで行きました。そして、よくかわいたサヤを六個《こ》とると、もどってきました。

「おれがこのサヤから粉《こな》を落とすから、手で受けとってくれ」

サッシは、歯でサヤをかみ切りながら言いました。ペドリンニョは、両手をあわせて、上のほうを開《ひら》きました。サッシはその中に、黄色い粉《こな》をふるい落としました。全部のサヤを同じようにしました。

「いいぞ、いいぞ。さあ、その粉《こな》をオンサの顔に落ちるようにふりまくんだ」

ペドリンニョは、猛獣《もうじゅう》の真上に体を動かし、一気に黄色い粉《こな》をまきました。うまくいきました。粉《こな》が目に入ったオンサは、びっくりして五メートルも飛《と》びのきました。痛《いた》くてしかたないというようにうなり、まるで目玉をとりだしたいかのように、目をこすりました。そして、うなりながらあっというまに森の奥《おく》へ消えていってしまいました。

「すごい威力《いりょく》だね。この粉《こな》はなんなの？」

ペドリンニョは、ふしぎそうにたずねました。

「これは、オマキザルの粉《こな》さ。目に入れば胡椒《こしょう》のように焼き、皮膚《ひふ》にかかればかゆくてたまらなくなる。おろしがねが近くにあれば、それで体をこすりたくなるはどにね」

ペドリンニョは、あわれなオンサのことをわらいながら、木をすべり降《お》りました。

しかし、数歩もいかないうちに、わらい声がぴたりと止まりました。

大蛇《だいじゃ》スクリ

「うわあ、怪物《かいぶつ》だ！」

ペドリンニョはさけびながら、オンサの時よりもっとすばやく、ブラジルツゲの木によじのぼりました。

「体がヘビで、頭が牛の怪物《かいぶつ》がいるよ！　サッシ、どうにかして！」

サッシは、サーッと、つむじ風のように飛《と》んでいき、またもどってきました。

「あれは大蛇《だいじゃ》スクリだ。ちょうど、牛をのみこんだところだ」

「スクリだって？」

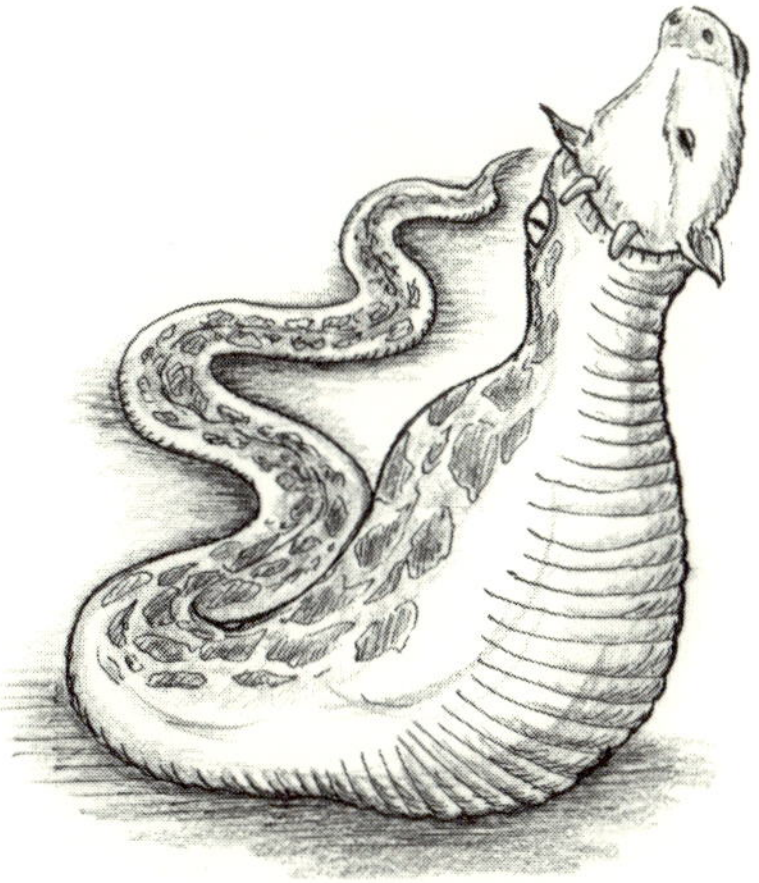

「ああ、だいじょうぶだから、降《お》りてこいよ。あいつはねむったよ。腹《はら》の中で牛を消化してしまうまで、二か月か三か月はねむり続《つづ》けるはずさ」

ペドリンニョは、サッシの言葉をうたがってはいませんでしたが、木から木へ渡《わた》って、なるべく遠くに降《お》りました。こわかったのです。でも、ちらりとしか見なかったスクリをちゃんと見ようと思って、少しずつもどってきました。

「こんな大きなヘビ、見たことないや」

ペドリンニョはびっくりして言いました。スクリは長さ三十メートルくらい、太さは人間の頭ほどもありました。

「でも、いくら大きいからって、どうやって牛をのみこんだのだろう」

サッシは、わらって言いました。

「かんたんなことさ。スクリは牛を締《し》めつけて、体中の骨《ほね》を折《お》り、押《お》しつぶしてソーセージのように細長くする。そして、だ液《えき》でそれをつつみ、なめらかにし、ゆっくりとのみこむ。ゆっくり、ゆっくり、最後《さいご》にはぜんぶ胃《い》の中に入り、牛の頭と角だけが残《のこ》るというわけだ。何か月かたつと、牛はスクリのおなかで完全《かんぜん》に消化されてしまうんだ」

つまりペドリンニョが見たのは、牛をのみこんでいる途中《とちゅう》のスクリだったので、牛の頭がついていると思ったのでした。

スクリは、アナコンダともよばれ、アマゾンに住む大蛇《だいじゃ》として有名です。

その日、ペドリンニョが見たのは、スクリのような大蛇《だいじゃ》だけではありません。かわいた鈴《すず》のような音がしたかと思うと、ガラガラヘビがでてきました。ガラガラヘビは、なにかから逃《に》げるように、あわてて通りすぎようとしました。

「なんで逃《に》げているんだろう？」

「ムスラーナがいるんじゃないかな？」サッシは答えました。

「ムスラーナ？」

「ああ、毒《どく》ヘビを食べて生きているヘビだよ。ほら、やってきた！」

一匹《いっぴき》の黒いムスラーナが、ガラガラヘビのあとから現《あらわ》れ、たちまち飛《と》びつきました。二匹《ひき》のヘビは、はげしい戦《たたか》いをはじめました。ムスラーナはガラガラヘビにからみつき、二匹《ひき》はくるったミミズのように、地面をのたうちまわりました。こんなにすごいヘビ同士《どうし》の戦《たたか》いを見たのは初《はじ》めてです。ペドリンニョは息をつめて見まもりました。

長い間二匹《ひき》は戦《たたか》い、とうとうガラガラヘビは息をつまらせて死にました。ムスラーナは、自分と同じ大きさの相手をぐびりぐびりとのみこんでいきました。

「恐《おそ》ろしい戦《たたか》いだったなあ！」ペドリンニョは、はあっと息を吐《は》きました。

「森の生活は、けっして平和なだけじゃないんだね。密林《みつりん》の動物たちが、なぜ用心深いのかが、やっとわかったよ。いつも危険《きけん》にさらされているから、感覚《かんかく》をとぎすませて生きているんだね。そうしないと生きのびることができないから」

「ああ。そうだよ」サッシはうなずきました。

「それを、学者たちは『生存競争《せいぞんきょうそう》』とよんでいる。あるものは、他のものを食べる。他のものを食べるためには、より強くならなければならない。食うか食われるかなんだよ」

「より強くならなければならないんだね」

「強くだけじゃない。より賢《かしこ》く、だ。森の中のすべてのものが、強くなれるわけじゃないから、強くなれないものは賢《かしこ》くなろうとする。たいていの場合、賢《かしこ》さは強さより役に立つのさ。サッシは強くはないけど、賢《かしこ》さではだれにも負けない」

サッシは、きっぱり言いました。

森で生きる知恵《ちえ》

「だから、」と、サッシは続《つづ》けました。

「森の掟《おきて》というのは、より力のあるもの、よりすばやいもの、より賢《かしこ》いものが作っていくんだ。なかでも、賢《かしこ》さはいちばん大事なことなんだ。ほら、あそこに、小さな枯《か》れ枝《えだ》が見えるだろう？」

「うん。どこにもある枯《か》れ枝《えだ》だね」

ペドリンニョが言うと、サッシは首をふりました。

「いいや、ほんとうは枝《えだ》じゃない」

「枝《えだ》じゃないって？　じゃあなに？」

「あれは小さな虫さ。敵《てき》から身をかくすために、体を枯《か》れ枝《えだ》に似《に》せているんだ」

「ほんとう？」

ペドリンニョは、信《しん》じられなかったので、そばまでいって枝《えだ》をつついてみました。すると、ゆっくりと枝《えだ》が動きました。

「ほんとうに虫だ！」

ペドリンニョは、虫が身につけている賢《かしこ》さに驚《おどろ》きました。

「おばあさんが、『森は危険《きけん》だ』と言っていた意味がやっとわかってきたよ。よく知らないものは、森ではだまされてしまうんだね」

サッシは、「ふふん」とうなずくと、今度は一枚《いちまい》の葉をさしました。

「それじゃ、あれはなんだと思う？」

ペドリンニョは、その葉を見ました。よーく見ましたが、やはり木の葉です。でも、森の秘密《ひみつ》を知った今は、さらに目をこらしました。

「こんどはだまされないぞ。一枚《いちまい》の葉のように見えるけれど、これは葉に化《ば》けた生《い》き物《もの》にちがいない」

ペドリンニョは葉っぱをつつきましたが、ぴくりともしませんでした。

「ははは、それは、ただの葉っぱだよ！」

サッシはわらいだしました。

「森の秘密《ひみつ》をかぎとる力は、きみにはまだたりない。それは、この森で生まれて、一生をここですごすおれたちにだけ読むことのできる本に書いてあるんだ。きみのような町の子がその本を読むのは、おれがギリシャ語を習うのと同じくらいむずかしいことさ」

「わかったよ、サッシ。ぼくは、森についてなにも知らない。でも、もっと、この森について知りたいんだ！」

「それは、勉強したから身につくってもんじゃないんだ。長い時間をかけて観察《かんさつ》するしかない。よくものを見て、そこから学ぶんだ。でも、おれたちは生まれながらに知っていることのほうが多いんだよ。森で生きるおれたちは、生まれたときから本能《ほんのう》としてそれを身につけているからな。小さな虫でさえ、卵《たまご》から生まれればもう、身をかくす知恵《ちえ》と力が身についている。ものごとを習うやり方は、動物のほうが人間より上手だと思わないか？」

ペドリンニョは「うーん」とうなりました。たしかに虫や動物たちが、生まれながらに知恵《ちえ》を身につけていることはわかりました。でも、でも、サッシは忘《わす》れています。

ペドリンニョは思いきって言いました。

「人間は、頭のよさでは動物たちの王なんだ。人間だけが、すばらしい知能《ちのう》をもっていることは、人間が作りだしたものを見ればわかるだろう？　すてきな家や高いビルを建《た》て、機械《きかい》や橋や飛行機《ひこうき》、そのほかたくさんのものを作りだしてきた。人間にかなうものなんかいるもんか。サッシだって、おばあさんの家にある本を見ればわかるよ。あそこには知識《ちしき》がたくさんつまっているんだよ！」

人間はおろかもの？

ペドリンニョの言葉を聞いて、サッシは大声でわらいました。

「人間はなんといううぬぼれやなんだ！　人間だけがすばらしい家を建《た》てられるって？　虫や動物が家をきちんと作らないと思っているのかい？　蜂《はち》や蟻《あり》や蚕《かいこ》の家を見てごらん。あれだけ完全《かんぜん》な家がどこにある？　この森にいるものは、みんな快適《かいてき》でゆっくり休むことができる家を持っている。カタツムリはすごいぞ。家をかつぐ方法《ほうほう》を考えだしたんだからな。おまけに危険《きけん》が近づいたときには、家をおろしてその中に閉《と》じこもれば安全なんだぜ！」

ペドリンニョは、しぶしぶ言いました。

「家についてはわかったよ。それじゃあ飛行機《ひこうき》は？　森にいる生《い》き物《もの》が飛行機《ひこうき》を作れるというのかい？」

サッシは、あきれたような顔をしました。

「やれやれ、きみはかわいそうなほどわからずやだね。飛行機《ひこうき》だって？　飛行機《ひこうき》というのは、世の中でいちばんおくれた飛《と》ぶ機械《きかい》じゃないか。虫や鳥、羽を持った生《い》き物《もの》たちは、飛行機《ひこうき》のように大きくてかっこう悪《わる》い機械《きかい》なんて必要《ひつよう》ないんだ。みんな、生まれながらにして自分の中に飛《と》ぶしくみをもっているんだから」

サッシはとくいそうに続《つづ》けました。

「おれは、ある日、カモたちが話しているのを聞いた。湖の上を、飛行機《ひこうき》が一機《いっき》飛《と》んでいったとき、カモたちは顔を見合わせてわらったんだぜ。カモというのはおろかな生《い》き物《もの》だけれど、そのカモでさえ、もの知り顔に言った。『われわれは何千年もの昔から飛《と》んでいるのに、人間は、今ごろ飛行機《ひこうき》を発明したと言ってじまんしているんだから、まったくもって信《しん》じられない』ってね」

ペドリンニョは、言葉につまりました。そして、頭の中をぐるぐると回転させて言いました。

「だけど、だけど、ぼくたちは字を読むことができるよ。きみたちはできないじゃないか」

サッシは、すぐに問いかえしました。

「字だって？　きみたちはなんのために字を読むんだい？　人間が、すべての生き物《もの》の中でいちばんおろかな生《い》き物《もの》だからじゃないか？　読むというのは、ほかのものたちが考えていることを知る、一つの方法《ほうほう》だろう？　読まなくたっておれたちにはわかっている。でも、人間は読まなければわからない。それに、おろかな人間同士《どうし》で考えたことを知ったところでなんの役にたつ？」

ペドリンニョは、腹《はら》がたって、顔がまっ赤になりました。

「ひどいよ、サッシ！　おまえは、人間をばかにしている。人間はおまえが言うようにおろかじゃない。人間は、自然《しぜん》の中でいちばん偉大《いだい》な生《い》き物《もの》だ」

「いちばん偉大《いだい》な生《い》き物《もの》だって！」

サッシは、大げさに驚《おどろ》いて、そしてひにくっぽく言いました。

「君はなにも考えていないな。オウムのようにくり返《かえ》すだけだ。おれは、ベンタおばあさんが、新聞でヨーロッパで起《お》こった恐《おそ》ろしい戦争《せんそう》の記事を読んでいたのを知っているぞ。人間は人間同士《どうし》で戦《たたか》って、殺《ころ》しあう。そんなことをするのは、人間が生《い》き物《もの》の中でいちばんおろかな証拠《しょうこ》じゃないか。なんのために同じ人間同士《どうし》で戦争《せんそう》をするんだい？」

ペドリンニョはひっしで言いかえしました。

「きみたちだって、森で殺《ころ》しあいをしているじゃないか。ほかの生《い》き物《もの》を、追いまわしたり食べたりしてるじゃないか」

「そうだ」

サッシは、胸《むね》をはって言いました。

「ほかの生《い》き物《もの》を食べるのは、生命の法則《ほうそく》だからだよ。生《い》き物《もの》は、それぞれ生きる権利《けんり》があり、そのためにより弱いものを、殺《ころ》したり食べたりするのは許《ゆる》されることなんだ。でも、きみたち人間は、相手を殺《ころ》して食べるために戦争《せんそう》をするのではないだろう？　生命の法則《ほうそく》にはあてはまらない。生命の法則《ほうそく》は、食べるためだけに殺《ころ》すことを許《ゆる》しているんだ。ただ殺《ころ》すことは犯罪《はんざい》だ。そんな犯罪《はんざい》をおかしているのは人間だけだ」

ペドリンニョは、それ以上《いじょう》、言いかえせませんでした。

「ペドリンニョ。人間の大人たちを弁護《べんご》をするのはやめろよ。きみが傷《きず》つくだけだから。きみはいつまでも子どもでいたら？　ピーターパンのように。だって人間は大人になってもいいことなんてひとつもないからね。もし、世界中の子どもたちが、ピーターパンのように大きくならなかったら、人間はもっとよい世界を作れるんじゃないかな。人間は子どもでいるかぎりはいいけれど、大人になってしまうと災《わざわ》いのもとになる。そうは思わないか？」

ペドリンニョは、考えこんでしまいました。

どうして大人たちは戦争《せんそう》なんてするんだろう。もしかしたら、サッシの言うとおりかもしれないぞ、ベンタおばあさんにも聞いてみようと思ったからでした。

すてきな夕食

太陽が沈《しず》みはじめました。

ペドリンニョは、とてもおなかがへっているのに気づきました。

「ねえ、サッシ。おなかがぺこぺこなんだ。きみのすばらしい力を使って、なにか食べるものを用意してくれないか？」

「ふふん、そんなことかんたんさ」

サッシは、鼻をぴくぴくさせました。

「きみはパルミート（ヤシの新芽《しんめ》）がすきかい？」

「うん、だいすきだよ。だけど、パルミートは高いヤシの木の上にしかないじゃないか。オノで木をたおさないと、とれないだろ？」

サッシはわらいました。そして、二本の指を口につっこんで、するどく口笛を吹《ふ》きました。

口笛が響《ひび》きわたると、たちまち、セラ・パウとよばれる大きなカブト虫が一匹《いっぴき》、森の奥《おく》から飛《と》んできました。カブト虫は、サッシが指さすほうに飛《と》んでいき、細くて高いヤシの木のてっぺんに着《つ》きました。そして、パルミートのある幹《みき》を、ノコギリのような固《かた》い歯先ではさみ、ズオーンという音をだしながら、ものすごい早さでまわりはじめました。

五分もしないうちにヤシの幹《みき》の先が切られ、パルミートがてっぺんの茂《しげ》みとともに、大きな音を立てて地面に落ちてきました。

「すごい！」

ペドリンニョはさけびました。

「カブト虫が、すばらしい木こりだなんて知らなかったよ」

サッシはパイプをとりだしました。

「火はここにある。水は竹の節《ふし》の中にある。一つか二つ割《わ》れば十分だ。油は、ココヤシの実を割《わ》って石でつぶしてしぼりだす。あとは、鍋《なべ》のかわりになるアルマジロのこうらをさがすだけだな」

「塩《しお》は？」

「ここにはないな。でも、ハチミツがある。おかしのように甘《あま》いパルミートを作るんだ！」

サッシは、アルマジロのこうらをさがしてくると、火を起《お》こして、二十分もたたないうちに、ペドリンニョの目の前に、甘《あま》いパルミートであふれそうなアルマジロのこうらをさしだしました。

「うわあ、いただきます！」

ペドリンニョは、おなかいっぱい食べました。

サッシはまたひと走りして、デザートに桑《くわ》の実をとってきました。

「ほんとうにおいしかったよ！」

ペドリンニョは、しあわせそうに言いました。

「きみは、ナスタシアおばさんと同じくらい料理《りょうり》がうまいよ。ナスタシアおばさんの料理《りょうり》は世界一なんだけどね」

ペドリンニョはおなかをさすりながら、シュロの長いとげをようじにして、歯の間をつつきました。

あたりは、だんだん暗くなってきました。木のてっぺんの茂《しげ》みの間から見える空に、光るものが見えました。それは一番星でした。

なんてすばらしい夜でしょう!

森の夜は本物です。今、ペドリンニョはそのことに気づきました。

家ですごす夜は、ランプをつけ、入り口のドアを閉《し》めます。それでは本物の夜は見られません。

本物の夜は、かんぜんな暗闇《くらやみ》がどこまでも広《ひろ》がり、星だけが空にじっと輝《かがや》いているのです。

いのちってなに？

森の妖怪《ようかい》たちがでてくる真夜中までには、まだ時間があります。おなかがいっぱいになった二人は、さっきの話の続《つづ》きをはじめました。

「森での生活はとってもすばらしいんだ。きみにはわからないだろうな」

サッシの言葉に、ペドリンニョはむっとしました。

「人間がなにも知らないなんて思うなよ。おばあさんの家に『自然《しぜん》の物語』という本があるんだけど、それには森のことがぜんぶ書いてあるんだ」

サッシは、パイプの煙《けむり》をひと吹《ふ》かししました。

「ぜんぶだって？　森の中には、何百万もの生き物《いもの》がいるんだぞ。それぞれの生き物《いもの》の生活の、なにか一つだけを書いたとしても、それはそれは分厚《ぶあつ》い本になるはずだぞ」

「ともかく、」ペドリンニョは、ちょっと口ごもりました。

「ぼくたち人間は、本でものごとを知ることができる。サッシはなにも書きしるさないから、子どもたちに知識《ちしき》を伝《つた》えることができないだろう？」

「おれたちが書きしるさないのは、必要《ひつよう》ないからなんだぜ」

サッシは、胸《むね》をはりました。

「おれたちがものを知る方法《ほうほう》は、きみたちとはちがう。おれたちだって親から知恵《ちえ》を受けつぐんだが、生まれながらにそなえているんだ。たとえば足長蚊《あしながか》は、水の中で小さな卵《たまご》からかえる。卵《たまご》からかえってすぐは幼虫《ようちゅう》で、小さな魚のように水にもぐる。ある日、その幼虫は羽化《うか》して、長い足が出て飛《と》びたつ。飛《と》んでいってなにをするか、きみは知っているかい？」

「フウィーンと鳴いて、ベッドに寝《ね》ている人をさす。あの小悪党《こあくとう》の虫がすることは決まってるよ」

「そうだな」サッシは、うなずきました。

「でも、だれが足長蚊《あしながか》にそうすることを教えたと思う？　親？　いいや、ちがう。なぜなら親は、水の中に卵《たまご》を生むと死んでしまう。本から？　いいや、ちがう。なぜなら蚊《か》は本を持っていない」

「あたりまえだろ」思わずペドリンニョは言いました。

「でも、足長蚊《あしながか》は必要《ひつよう》なことはぜんぶ知っている。人間の体の中に血があることや、その血が食糧《しょくりょう》になること、人間が家に住んでいること。そして、血を吸《す》うのにいちばんいいのは、人間がねむっている夜だということもね。小さな足長蚊《あしながか》は、水の中からでるとすぐに人間の家をさがし、その中に入り、暗がりにかくれ、人間がねむるのを待《ま》ってそっとさし、血で小さなお腹《なか》をいっぱいにする。そのあと窓《まど》から逃《に》げだし、水のよどんでいるところをさがして、卵《たまご》を生む。ずっとそれをくり返《かえ》しているんだ。すべて知っているけど、だれからも教わらない。彼《かれ》らは体の中に、必要《ひつよう》なすべての知識《ちしき》をもって生まれるんだ」

「それはそうだろうけど……」

サッシは続《つづ》けました。

「同じようにして、この森のすべての生《い》き物《もの》たちが生きている。それぞれ生まれながらに、するべきことを知っている。そしてまちがわない。コオロギは、生まれながらに巣穴《すあな》をあけることを知っている。ボンバデイロとよばれる昆虫《こんちゅう》は、大きい生《い》き物《もの》が攻撃《こうげき》してくると、後ろを向いて相手の鼻面《はなづら》にある液体《えきたい》をかける。この液体《えきたい》はたちまち気体となって、相手をふらふらにさせ、そのまに逃《に》げる。ボンバデイロはこれらのことを生まれながらに知っているんだ。

ある甲虫《こうちゅう》は、卵《たまご》を生む時、動物のふんを集めてきて、後ろ足で床《ゆか》の上をころがす。まん丸いボールができると、穴《あな》をあけてその中に卵《たまご》を生む。だれが虫にボールの作り方を教えた？　親？　いいや！　本？　いいや！　虫は生まれながらに知っているんだ！」

「それはそのとおりだろうね」ペドリンニョはうなずきました。

「たしかに、森の生《い》き物《もの》たちが生まれながらに知っていることを、ぼくたちは、親たちや本から学ばなければならない。でも、そこにぼくたちのよさもあるんだ。だって、多くのことを学べるんだから。生まれながらに知らなかったことも、勉強によって学べるんだよ」

「たしかに、そうだな」サッシもすなおにうなずきました。

「人間が努力《どりょく》して学ぶ、ということを悪《わる》いとは思ってないよ。でも、おれは、人間はとても未熟《みじゅく》な生《い》き物《もの》だと思う。だから学ばなければならないんだ。おれたちは、生まれたときから完成《かんせい》されている。だから、なにも学ぶ必要《ひつよう》がない。きみはどっちがいい？　生きるための知恵《ちえ》をすべてもって生まれるのと、たいへんな努力《どりょく》と多くのまちがいをしながら、たくさんのことを学ぶのと？」

「う、うーん」ペドリンニョは迷《まよ》いました。だって、勉強がとってもすきだ、とは思っていなかったからです。

「生《い》き物《もの》が学ばなくても知恵《ちえ》をもっている。それはすばらしいことだと思うよ」

サッシは、満足《まんぞく》そうにうなずきました。

ペドリンニョは、ふとつぶやきました。

「だけど、そんなふうに森の生《い》き物《もの》たちを生かしているものは、なんなのかなあ……」

「それこそ、秘密《ひみつ》のなかの最大《さいだい》の秘密《ひみつ》さ！」サッシは答えました。

「おれたちはこう考えているよ。一つひとつの生《い》き物《もの》の中には、それが小さな動物であれ植物であれ、前へつき動かす力がある。それが生《い》き物《もの》を動かし、やるべきことを耳にささやくんだ。その力をだしているのは、いのちの妖精《ようせい》さ」

「いのちの妖精《ようせい》だって？」ペドリンニョは驚《おどろ》いて言いました。

「そうさ、いのちの妖精《ようせい》は目には見えない。でも、足長蚊《あしながか》に家へいって人をさすようにさせ、コオロギに巣穴《すあな》をあけさせ、ボンバデイロに敵《てき》を爆撃《ばくげき》することを教える」

「それは、サッシにさえ見えないものなのかい？」ペドリンニョはたずねました。

「そうだよ。おれでさえ、いのちの妖精《ようせい》を見たことはない。ただ、そいつが働《はたら》いているな、ということはわかる」

「もしかして、いのちの妖精《ようせい》って、自動車のガソリンのようなものかな？　ガソリンがなければ自動車は走れないもの」

「うーん、ちょっとちがうな」サッシは首をふりました。

「ガソリンは見ることができるし、匂《にお》いをかぐこともできる。けれど、いのちの妖精《ようせい》は、だれも見たり匂《にお》いをかいだりできないんだ」

ペドリンニョは、はっとしてたずねました。

「死は？　もしかして死ぬということは、いのちの妖精《ようせい》が死んでしまうということなの？」

「いいや」サッシは首をふりました。

「いのちの妖精《ようせい》は、一つの生き《い》物《もの》からほかの生き《い》物《もの》へ移《うつ》っていくんだ。ある生き《い》物《もの》が年をとっておとろえてくると、いのちの妖精《ようせい》はぬけだして、新しい生き《い》物《もの》に移《うつ》る。いのちの妖《よう》精《せい》は死なないんだ」

「ぼくの中にもいのちの妖精《ようせい》がいるってこと？」

「もちろんさ。生きているものみんなの中にいるんだ」

サッシは大きくうなずきました。

ペドリンニョはうれしくなりました。いのちの妖精《ようせい》は自分の中にも住んでいて、毎日活動している。おなかがへってものを食べたり、のどがかわいて水を飲んだり、ねむくなって寝《ね》たり、なにかをほしくなってさがしたり、それらすべてのことをさせるのは、いのちの妖精《ようせい》が元気に活動している証拠《しょうこ》なのです。

「でも、ある日、いのちの妖精《ようせい》はサヨナラをしてでていくんだね」

ペドリンニョは急にかなしくなりました。いつか、自分も年をとって、髪《かみ》の毛《け》が白くなり、歯がぬけ、足腰《あしこし》がいたくなり、目が悪《わる》くなり、皮膚《ひふ》がしわだらけになり、心臓《しんぞう》が弱って、ベランダの小さな階段《かいだん》をのぼるのさえやっとという状態《じょうたい》になったなら……。妖精《ようせい》は顔をしかめてでていくのでしょう。

「ペドリンニョさん、あなたは老人《ろうじん》になったので、そろそろお別《わか》れです。わたしはほかの生《い》き物《もの》をさがします」と。

そして、ペドリンニョは死んでしまうのです。

ペドリンニョはうなだれました。それはいつのことでしょう。

サッシは、やさしく言いました。

「きみは、死ぬことを考えてしょんぼりしているけれど、死ぬのは肉体だけだ。それは、あまり重要《じゅうよう》ではない。大切なのは、おれたちの中にいるいのちの妖精《ようせい》さ。それはけっして死にたえずに、ひとつの存在《そんざい》からほかの存在《そんざい》へ移《うつ》るだけなんだ。電気と同じようなものだよ。電灯《でんとう》の電池がきれても、電気は死なないだろう？　一つの電池からほかの電池へ、空高くへ、あるいは行きたいところへ行くだけさ。電気が死なないように、いのちもまた死なない。いのちはきみの中にあるとき、きみを照《て》らす電灯《でんとう》のようなものなんだ」

「でも、電灯《でんとう》が消えるのはいやだ。ぼくは死にたくないな。だって、ぼくの体がかわいそうじゃないか」

ペドリンニョは手を開《ひら》きました。

「この手だって、小さい時からぼくがしたいと思うことをやってくれる。ある日、それが動かなくなってしまうなんて、考えるだけでかなしいよ」

「手をなくすよりこわいことは、ものが見えなくなることだよ。目が見えないこと、日をもっていても見えないことが、どんなにかなしいかわかるかい？　目をきつく閉《と》じてごらん」

ペドリンニョは、言われたとおりに両目を固《かた》く閉《と》じました。

「目に見えないいのちの妖精《ようせい》が、きみの体をでていくと、きみの目は、存在《そんざい》しなかったかのように見えなくなる。いまこんなにたくさんのものを見ている、その目は何も見えなくなるんだ」

ペドリンニョはおもわず泣《な》きそうになりました。しかし、サッシは大声でわらいました。

「ばかだなあ。まだわからないのかい？　きみの目が見えるのは目があるからではなくって、きみの中にいのちの妖精《ようせい》がいるからなんだ。いのちの妖精《ようせい》は、天体望遠鏡《ぼうえんきょう》を使う天文学者のようなものだと考えてごらん。目は、天文学者の望遠鏡《ぼうえんきょう》だ。どっちが大切？　望遠《ぼうえん》鏡《きょう》？　それとも天文学者？」

「天文学者だよ」ペドリンニョは答えました。

「じゃあよろこんだらいいよ。天文学者はけっして死にたえないから。だけど望遠鏡《ぼうえんきょう》は故《こ》障《しょう》したりこわれたりする」

森の狩人《かりゅうど》クルピラ

大きなペローバの木が、夜露《よつゆ》から二人を守ってくれました。

夜の森はしずまりかえってはいません。昼と同じように、生《い》き物《もの》たちが活発に動いています。昼、活動しているサビアやフウキンチョウやスズメが巣《す》へねむりにいくと、夜活動するフクロウやコウモリが巣《す》からでてきます。チョウや蛾《が》も、昼に活動するものと、夜に活動するものとがいます。けものたちの中にも、敵《てき》や人間におそわれないように、夜にでてきてえさを食べ、川で水を飲むものたちがいます。そして、ホタルは夜になると、そのランタンのような灯《ひ》を点滅《てんめつ》させせます。

ペドリンニョが口を開《ひら》きました。

「ぼくは、夜活動するものの中では、暗闇《くらやみ》にひそんでいるふしぎなものたちに興味《きょうみ》があるんだ。ナスタシアおばさんはとてもこわがっているけどね。それらは、ある人はいると言い、ある人はぜったいいないと言っている」

サッシはうなずきました。

「きみが言っているのは妖怪《ようかい》、または精霊《せいれい》や魔物《まもの》とよばれるものたちのことだね」

「そのとおりだよ、サッシ。ぼくは、それらがいないなんて思えない。とくにきみと会ってからはね。最初《さいしょ》は姿《すがた》が見えなかったのに、ねむくなってきたときに、きみは現《あらわ》れた。そのとき、こわいとは思わなかった。なぜ妖怪《ようかい》たちはこわがられているのだろう？」

「恐怖《きょうふ》、だよ。恐怖《きょうふ》ってなんだと思う？」

ペドリンニョは、スズメバチとその他の毒《どく》をもった動物のほかに、なにもこわいものがないのを誇《ほこ》りにしていました。でも、それらを恐《おそ》れないということと、恐怖《きょうふ》とは別のもののような気がします。恐怖《きょうふ》は今も感じています。だって、心臓《しんぞう》がドキドキしてこわくてたまらないのですから。

「きっと、不安《ふあん》が恐怖《きょうふ》をよぶんだ」

「そうとも言えるな。恐怖《きょうふ》の母は不安《ふあん》で、父は暗闇《くらやみ》だとね。この世に暗闇《くらやみ》があるかぎり、恐怖《きょうふ》もある。そして恐怖《きょうふ》があるかぎり、妖怪《ようかい》がいる」

「恐怖《きょうふ》を感じる人が妖怪《ようかい》を見るんだね」

「そのとおり。見たものにとっては妖怪《ようかい》は存在《そんざい》し、見ないものにとっては存在《そんざい》しない。だから、妖怪《ようかい》は存在《そんざい》するし、また存在《そんざい》しない、とも言えるね」

「そこがわからないな。いるならいる、いないならいない。一つのものが存在《そんざい》しているし、また存在《そんざい》しないなんて、考えられないよ！」

ペドリンニョは思わず大きな声で言いました。

「頭が固《かた》いんだな。人が妖怪《ようかい》を信《しん》じる時は存在《そんざい》する。信《しん》じなければ存在《そんざい》しない。だから、信《しん》じる人と信《しん》じない人がいるなら、妖怪《ようかい》は存在《そんざい》し、また存在《そんざい》しないことになる」

「うーん」ペドリンニョは頭をかかえこみました。

「そういうことにしておくよ、サッシ。世の中にはおくびょうな人が多いから、恐怖《きょうふ》から生まれた妖怪《ようかい》はたくさんいるにちがいないね」

「たしかにおくびょうものは、世の中に妖怪《ようかい》をたくさんつくりだす。妖怪《ようかい》は想像《そうぞう》からかぎりなくでてくるからね。昔の人びとの言《い》い伝《つた》えにも妖怪《ようかい》はたくさん登場する。このアメリカス（アメリカ大陸）には、先住民《せんじゅうみん》であるインディオの妖怪《ようかい》だけでなく、アフリカからきた黒人たちがつれてきた妖怪《ようかい》たちもいるんだよ」

ペドリンニョは、バルナベおじいさんがアフリカ人であることを思いだしました。

「そうだ。バルナベおじいさんは妖怪《ようかい》のことをよく知っているよ。サッシのことを話してくれたのもおじいさんだもの。じゃあ、インディオたちはどんなことを知っているの？」

「インディオたちは石油ランプを使わない。だから、インディオの暗闇《くらやみ》は大きい。暗闇《くらやみ》が大きければ大きいほど、恐怖《きょうふ》もまた大きくなる。そして、恐怖《きょうふ》が大きいほど妖怪《ようかい》がでてくるんだ。ジュルパリの話を聞いたことがある？」

ペドリンニョは首をふりました。

「ジュルパリは、夢《ゆめ》を恐《おそ》ろしい悪夢《あくむ》にかえてしまう妖怪《ようかい》なんだ。ジュルパリがやってくると、気分が悪《わる》くなり、不安《ふあん》になる」

「どんな姿《すがた》をしているの？」

「形はないんだ。ねむっていると夢《ゆめ》にでてきて、その夢《ゆめ》を悪夢《あくむ》にかえる。のどを押《お》さえつけるから、寝《ね》ながら手足をバタバタさせて、もがくけど、声はでないんだ」

「あ、ぼくもそんなことがあったよ」

ペドリンニョは思いだしながら言いました。

「夢《ゆめ》の中で大きな深い穴《あな》に落っこちて、『おばあさーん、たすけて！』って、大声でさけぼうとしたけど、声がでなかった……」

「ジュルパリがやってきて、きみののどをしめつけていたんだな」

サッシがうなずきました。

その時、木の葉の間から何かの音がしました。二人はびくっとしました。

「気をつけろ、何かがやってくる……」

ペドリンニョの心臓《しんぞう》はドキドキしてきました。

「クルピラだ」サッシがささやきました。

「ほらごらん、体中に毛が生えていて、両足が後ろ向きについている」

ペドリンニョは、草むらの向こうに目をこらしました。

「ぼんやりしてるけど、毛むくじゃらの少年のように見えるよ」

「そのとおり。クルピラは毛でおおわれた少年で、森を見張《みは》っているのさ。狩人《かりゅうど》が食べるためにする狩《か》りは見のがすけれど、それ以上《いじょう》に殺《ころ》す者や、まだ小さい子どもの動物や、子どもをもったメスの動物を殺《ころ》す者はようしゃなくやっつける」

「どんなふうに？」

「ある時は、えものに化《ば》けて狩人《かりゅうど》をまどわせ、森の中を歩きまわらせてうえ死にさせてしまう。またある時は、狩人《かりゅうど》の友だちや子どもや奥《おく》さんをえものにかえてしまい、狩人《かりゅうど》がそれらを殺《ころ》すようにしむけることもある」

ペドリンニョは、ぞっとしました。

「さっきのクルピラは歩いていたけど、ふだんは牡鹿《おじか》にまたがり、手にジャペカンガの小枝《こえだ》を持っているんだ」

「ジャペカンガって？」

「血液《けつえき》の病気にきく植物で、サルサパリラともよぶよ。それから、パパメルという犬をつれている。パパメルは道を通るものを見ると歌いだすんだ。『クルパコ、パパコ　クルパコ、パパコ』ってね」
「ああ、それはオウムの歌だよ！」

ペドリンニョは、コロネル・テオドリコさんの家にそう歌っているオウムがいるのを思いだしました。

「いや、それはちがう。オウムはクルピラから習ったんだろう。オウムは聞いたことをくり返《かえ》すだけだからな」

クルピラは、ブタネズミの足あとを見つけ、その巣《す》のようすを見るためにいってしまいました。

「もう少しで真夜中の十二時になるよ」サッシが言いました。

「どうしてわかるの？」

「あの花を見てごらん」

サッシは、開《ひら》きかけている花を指さしました。

「あの花は森の時計なんだ。ちょうど真夜中の十二時にきれいに開《ひら》くんだよ」

火の玉ボイタタ

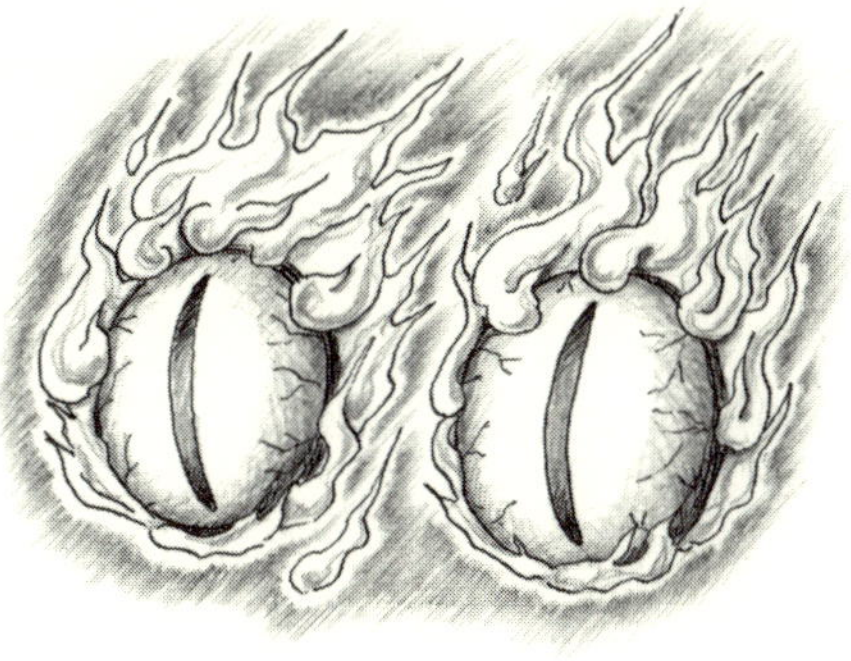

「ぼく、水の精《せい》イアラや、火の玉ボイタタの話を聞いたことがあるんだ」

ペドリンニョが言いました。

「イアラには会えるかもしれないな」サッシは答えました。

「このそばの川に住んでいるからね。だけど、ボイタタは遠い南のほうに住んでいるんだ」

「ボイタタってどんな妖怪《ようかい》なの？」

「巨大《きょだい》な火の目玉さ。夜になると、その目ですべてのものを見ることができる。なぜ、目玉だけの妖怪《ようかい》になったかというとだね。ある年、大洪水《こうずい》があって、南部のすべての草原が水でおおわれた。その時、ボイタタはいちばん高いところへのぼって、大きな穴《あな》を掘《ほ》り、洪水《こうずい》のあいだずっとかくれていた。暗い穴《あな》の中で何年もすごしているうちに、胴体《どうたい》が小さくなって、目玉だけが大きくなり、ほとんど目玉だけの妖怪《ようかい》になってしまった。やっと水が引いて外へでたボイタタは、草原をうろつき、死んだ動物のくさった肉をあさった。ボイタタは、コブラの格好《かっこう》をするとも言われていて、コブラが火の玉といっしょに、夜、馬に乗っている牛飼《うしか》いを追いかけてきたことがあるそうだ」

「ぼく、おばあさんからその話を聞いたよ。おばあさんは、くさったものからでる燐《りん》が燃《も》えて、鬼火《おにび》になると話していたよ。それから、南部のほうでは『牧場《ぼくじょう》のネグリンニョ』という、黒人の子どものかなしい話があるとも聞いたよ」

「ネグリンニョか。かわいそうなやつだ。とてもざんこくな主人から、いじめられ、苦しんだすえに死んで、小さな聖人《せいじん》になったんだよ」

「その話をして！」

「ああ、いいよ」と、サッシは話しはじめました。

牧場《ぼくじょう》のネグリンニョ

「南部にはファゼンデイロ、エスタンシエイロといわれる大農場主がいて、奴隷《どれい》を働《はたら》かせていた。ブラジルに奴隷制度《どれいせいど》があったのは知っているだろ？」

ペドリンニョはうなずきました。

「ああ、砂糖《さとう》やコーヒーなどを作るために、アフリカからたくさんの人を奴隷《どれい》としてつれてきたんだよね」

「そうだ。奴隷《どれい》は、ひどい働《はたら》き方をさせられたり、売られたりしていた。ある年の冬、その牧場《ぼくじょう》では何頭かの子牛を買った。かつてないほど寒い冬だった。主人は、黒人の奴隷《どれい》ネグリンニョをよんで命令《めいれい》した。

『この子牛たちの世話をするんだ。毎日夕方、わしが子牛を数えた後に、囲《かこ》いの中へ入れろ。もし、一頭でも足りなくなれば、お前がべんしょうするんだ！』

ネグリンニョはその時十四歳《さい》だった。主人に言われたように一生懸命《いっしょうけんめい》子牛の世話をしたけれど、子牛たちは牧場《ぼくじょう》に慣《な》れていなかったので、すぐに一頭がどこかへいってしまったんだ。主人は、子牛の数が足りないことがわかると、馬で近づいてきて、ネグリンニョをむちで打ちまくった。

『いますぐ、いなくなった子牛をさがしてくるんだ。この大ばかもの！』

そして、最後《さいご》に思いきりビシッ！　と打ちすえた。ネグリンニョは、肩《かた》を血だらけにして、子馬に乗って草原にでた。さんざんあちこちさがしたすえに、やっと茂《しげ》みにかくれていた子牛を見つけた。ネグリンニョは考えた。

『投げなわで牛をつかまえなければならないけど、ぼくの投げなわは、古くて役に立たない。そのうえ、むちで傷《きず》だらけで腕《うで》が思うように使えない。でもやらなければ……』

ネグリンニョは、注意ぶかく子牛に近づき、えいっとなわを投げた。うまくかかった。

でも、ネグリンニョには子牛をひっぱる力がなかった。むちでさんざん打たれたからね。そのうえ、子牛は六回も跳《と》びはねた。古いなわは切れて、子牛は草原の向こうへ消えた。

「ああ……」思わずペドリンニョは息を吐《は》きました。

「さあ、どうしよう。子牛も投げなわもなくしてしまった。主人はどんなに怒《おこ》るだろうか。それでもネグリンニョは、農場へ帰るしかなかった。

『子牛はどうした？』主人はたずねた。

『逃《に》げてしまいました。投げなわでつかまえたのですが、なわが古くて切れてしまいました。ごらんください。切れはしだけが残《のこ》りました』ネグリンニョはかなしそうに答えた。

もし、その大地主がざんこくな人でなかったら、投げなわの切れはしを見て、許《ゆる》したかもしれない。でも、その日コブラを食べた主人は、なっとくするどころかますます怒《おこ》った。

『このろくでなし！　おまえにふさわしい罰《ばつ》をあたえてやる』

主人は、ネグリンニョをつかまえて、投げなわで足をしばり、むちの柄《え》で、自分が疲《つか》れるまでなぐり続《つづ》けた後、ひきずっていった。悪魔《あくま》のような恐《おそ》ろしい考えが浮《う》かんだからだ。主人は、ネグリンニョを肉食アリの大きな巣《す》まで引っぱっていき、着物をはぎとって、しばったまま置《お》いてきたんだ」

「うわあ」ペドリンニョは思わず頭をかかえました。

「翌日《よくじつ》、主人は、奴隷《どれい》がどうなっているか見にいった。もし死んでいないのなら、さらに罰《ばつ》をあたえようと思ってね。アリの巣《す》に近づいていくと、ネグリンニョの姿《すがた》はなかった。かわりに、ネグリンニョの姿《すがた》をした霧《きり》が地面から立ちのぼっていたんだ。それはすうっと空へのぼって消えた。この話をきいた人びとは、ひどい主人の仕打ちで死んだ受難者《じゅなんしゃ》として、ネグリンニョは天国へいったのだと考えた。そして時がたち、『牧場《ぼくじょう》のネグリンニョ』は、小さな聖人《せいじん》となった。南部のリオグランデの草原では、何か願《ねが》いごとのある人は、『牧場《ぼくじょう》のネグリンニョ』にお願《ねが》いをするようになったんだ」

「ネグリンニョは、みんなの願《ねが》いをかなえてくれるの？」

「もちろんさ。ネグリンニョは、自分がひどいめにあったから、人の苦しみがよくわかるんだ。だから、できるかぎり助けてくれるんだよ」

「そうか」ペドリンニョは少しほっとして、胸《むね》が熱《あつ》くなるのを感じました。

密林《みつりん》の真夜中

「真夜中がきた！」

サッシがさけびました。

時計がわりの花が完全《かんぜん》に開《ひら》いたのです。ちょうど十二時になりました。

ペドリンニョはけっしておくびょうではありませんが、体の中を寒気が走りました。これから妖怪《ようかい》たちと会うのです。ぞくぞくしないわけがありません。

「なにも恐《おそ》れることはない」サッシはおちついています。

「あのペローバの木にのぼれば安全だ」

サッシについてペローバの木をのぼっていくと、地上から三、四メートルくらいのところにうろがありました。かくれるにはうってつけで、中に入って下をのぞけます。

「ここなら安心だね」ペドリンニョはうれしそうに言いました。

「でも、この森の中は昼でも暗いのに、夜にどうやって観察《かんさつ》するんだい？」

「どんなことにも、ちゃんとしたやり方があるもんさ」

サッシは得意《とくい》そうに言いました。

「森には、生きたランプがいるからね。手配しておいたよ」

サッシは、小さな赤い実をさしだしました。

「これを七つ食べておかなくてはならない」

ペドリンニョは受けとって食べました。とてもにがかったのですが、七つ目を食べるころには、あまいしびれが体に広《ひろ》がり、ほわんとしてきました。まるで夢《ゆめ》の中にいるように思えました。

サッシは、鋭《するど》い口笛を吹《ふ》きました。すると、たくさんのホタルが茂《しげ》みをこえて飛《と》んできて、ペローバの木の葉や枝《えだ》にとまりました。二人を中心にして、百メートル四方が満月《まんげつ》の光をあびたように明るくなりました。

ペドリンニョが、ホタルたちが照《て》らす舞台《ぶたい》を見つめていると、光の中に、たくさんのサッシが現《あらわ》れました。次から次へと、百以上《いじょう》ものサッシがつれだってやってきたのです。

みんな、飛《と》んだり、おどったり、話したり、とっても楽しそうです。でも、ざんねんなことにペドリンニョには、なにを話しているかわかりませんでした。

「ねえ、なんて言っているの？」

となりにいたサッシはおかしそうに言いました。

「夜の間にやる、いたずらの相談をしているんだ」

ペドリンニョは、たくさんのサッシの中に、顔のこげたサッシを発見しました。

「あ、バルナベおじいさんの話のサッシだ！　パイプの爆発《ばくはつ》でこげちゃったんだよ」

サッシたちは四方八方に散《ち》らばっていきました。後には、ネズミのような子どものサッシたちだけが残《のこ》りました。

「みんな、どこへ行ったの？」

「いろんなところへ、さ。そう、いたずらをするのにぴったりの場所へ。今晩《こんばん》は、サッシがいたずらをしない家はたぶんないだろうな」

サッシはにやにやしました。

「ビンに入れられなければね」

ペドリンニョもにやりとして言いました。

残《のこ》ったチビのサッシたちは、いっときもじっとしてはいませんでした。地面に生えたコケの上でトンボ返りをしたり、ノミのように跳《と》びはねたり、踊《おど》ったり、そのほか、思いつくかぎりたくさんの悪《わる》ふざけや、いたずらをしあいました。ほんのいっしゅんでも、口からパイプをはなさずに。

三人のチビたちが、小さな鼻を空に向けて、大きなイチジクの木の実を夢中《むちゅう》で食べているコウモリに目をとめました。三人はちょっとささやきあうと、コウモリに気づかれないようにその木にのぼり、後ろにしのびよって、さっと背中《せなか》に飛《と》び乗《の》ったのです。

「うまい！　カウボーイみたいだ」ペドリンニョは思わず言いました。

背中《せなか》に乗られたコウモリはびっくりぎょうてんして、気がくるったように空へ飛《と》びだしました。三人のカウボーイはあばれ馬にしっかりしがみついて、高く口笛を吹《ふ》きました。

また、ほかのサッシは灌木《かんぼく》にのぼり、ハチドリの卵《たまご》が三つある巣《す》を見つけました。たちまち大さわぎして仲間《なかま》をよぶと、何人かが巣《す》のまわりに集まってきて、卵《たまご》をとりだし、地上へ運びました。そこで小さな火をたき、卵《たまご》を焼《や》いて、大よろこびでむしゃむしゃ食べました。

ほかにも、数えきれないほどのいたずらが、そこここで起《お》こりました。

かわいそうなカタツムリの角《つの》をつかんで、からから体を引きだしたり、ホタル狩《が》りをして、光をだしている燐《りん》を胴体《どうたい》からこすりとって遊ぶものもいました。地面を掘《ほ》ってミミズを見つけ、三、四匹《ひき》つないで、なわとびをしたりもしました。

ペドリンニョは、小さなサッシたちのいたずらを、夢中《むちゅう》になって見ていました。

そのとき、サッシがぐいっと、ペドリンニョを穴《あな》の奥《おく》にひっぱりました。

「かくれろ！　オオカミ男の匂《にお》いがする。おれの鼻は敏感《びんかん》なんだ」

オオカミ男

サッシの言葉が終わらないうちに、チビのサッシたちが大さわぎしました。遊ぶのをやめるとぱっと散《ち》って、あっというまに森の中に消えてしまいました。

ちょうどその時、バリバリという音が森に響《ひび》き、大きな動物が木を引きさきながらやってきました。草むらから顔をだしたのは、恐《おそ》ろしくみにくいオオカミ男でした。獲物《えもの》を見つけたかのように、鼻をひくひくさせています。

「だいじょうぶだ。硫黄《いおう》をまいておいたからな」

サッシがささやきました。用心深いサッシは、もしものことを考えて、硫黄《いおう》の粉《こな》をまい

ておいたのです。オオカミ男は強烈《きょうれつ》な硫黄《いおう》の匂《にお》いしかしないので、また、草むらにもぐって向こうへ行ってしまいました。

「硫黄《いおう》は、人間の匂《にお》いをかくすのさ」

サッシの言葉に、ペドリンニョはほっとしました。

「そうかあ、よかった」

オオカミ男のひふはひっくり返っていて、つまり毛が体の中に生え、肉が外にでていました。なんと恐《おそ》ろしくてふしぎなことでしょう。それにとても大きくて、どう猛《もう》そうでした。

「なんであんな恐《おそ》ろしい妖怪《ようかい》が生まれるの？」

ペドリンニョはサッシにたずねました。

「一人の母親が男の子ばかり七人生むと、その七番目の子が、金曜の夜にオオカミ男になるとも言いつたえられている。オオカミ男は、農場にでかけ、ニワトリ小屋にしのびこんでひな鳥を食べる。途中《とちゅう》で犬や子どもを見つければ、それも殺《ころ》してガツガツ食う。オオカミ男の足を切ると人間にもどる。でも、人間にもどってもその後は、片方《かたほう》の足だけですごすことになるのさ」

ペドリンニョは、この妖怪《ようかい》の足あとをどうしても見たくなり、木をすべり降《お》りました。

「おい、やめろ。あぶないぞ」

サッシの忠告《ちゅうこく》も聞かずに、ペドリンニョは、ホタルの光の下で足あとをさがしました。

そのとき、遠くで何かがうなりました。サッシはするどく口笛を鳴らしました。ペドリンニョはあわてて木によじのぼりました。

「どうしたの？」

サッシは、穴《あな》の奥《おく》にペドリンニョを押《お》しこみました。

「ムラ・セン・カベッサがやってくる！」

頭のないロバ

ムラ・セン・カベッサ！

その名を聞いて、ペドリンニョはふるえあがりました。それは、奥地《おくち》にいる、インディオと白人の混血《こんけつ》のカボクロや、年とった黒人たちがとてもこわがっている妖怪《ようかい》で、密林《みつりん》の妖怪《ようかい》の中でも、いちばんふしぎで気味の悪《わる》いものです。

ムラ・セン・カベッサは、頭のない牝《めす》ロバ！

なのに鼻から火を吹《ふ》く、ムラ・セン・カベッサ！

ひづめの音が近づいてきました。同時に木を引きさく音も聞こえます。ムラ・セン・カ

ベッサは、ものすごい早さでかけるので、まわりの木がたおされていくのです。

とつぜん、音が止まりました。

「方向をかえたんだ」サッシが、ほっとしてささやきました。

そのとおりでした。ムラ・セン・カベッサは再《ふたた》びかけだしましたが、二人がいるのとは別の方角でした。

「ざんねんだなあ。どんな妖怪《ようかい》か一目見たかったのに」

ペドリンニョの言葉に、サッシはさけびました。

「ざんねんだって!? ばかなこと言うなよ。おれたちは運がよかったんだ。ムラ・セン・カベッサは、世界中でいちばん恐《おそ》ろしい妖怪《ようかい》だぞ。見たものすべての頭をくるわせてしまうんだ。おれが恐《おそ》れたのは、きみがいるからだけれどな」

ペドリンニョは、ぶるっとふるえました。

「ムラ・セン・カベッサって、そもそもどんな妖怪《ようかい》なんだい?」

「古くからの言《い》い伝《つた》えを話そう。昔、一人の王様がいた。そのお妃《きさき》には変《へん》な習慣《しゅうかん》があって、夜になると墓場《はかば》をうろつくんだ。だれもついてきてはいけないと言うけれど、王様は心配して、ある夜、そっとついていった。墓場《はかば》では、恐《おそ》ろしいことが起《お》こっていた。お妃《きさき》は前の日に埋《う》められた子どもを、指輪《ゆびわ》をいっぱいはめた指で掘《ほ》りおこし、食べていたんだ。王様は思わずさけび声をあげた。お妃《きさき》はふり向いて、もっと大きい声をあげると、たちまち、ムラ・セン・カベッサになってしまったんだ。その時から、ムラ・セン・カベッサは世界をたえずかけまわり、いつも鼻から火を吹《ふ》くようになった」

ペドリンニョは、奥地《おくち》の人びとをふるえあがらせるふしぎな妖怪《ようかい》を見られなくて、やはりざんねんに思いました。

「どうやって鼻から火を吹《ふ》くんだろう？　鼻は顔にあって、あいつは頭がないのに」

ペドリンニョは、好奇心《こうきしん》でいっぱいになって聞きました。

「おれにもわからない。だけどそうなんだ」

サッシは、ふきげんそうに答えました。

「そんなに見たかったのか？　ムラ・セン・カベッサは、行く場所、場所に狂気《きょうき》をまきちらし、止まることなく走りまわる。どんな生《い》き物《もの》でも、自分からムラ・セン・カベッサを見たいと思うものはいないんだぞ」

フクロウからの知らせ

ムラ・セン・カベッサが去《さ》っていくと、その後には、生《い》き物《もの》がいる気配《けはい》がしなくなりました。生《い》き物《もの》はおろか、妖怪《ようかい》たちをも追いはらってしまったようです。それほどこの妖怪《ようかい》の力は強大なのでしょう。

それから一時間がたったころ、子どものサッシたちが、またぽつぽつとでてきました。でも、まだこわがっているようで、前ほど悪《わる》ふざけをしません。

そのとき、七匹《ひき》の子《こ》ブタをつれた牝《めす》ブタとカイポラが現《あらわ》れました。サッシたちは遊びをやめて、カイポラたちを見ました。

牝《めす》ブタは、綿《わた》のようにふわふわとした白《しろ》ブタでした。七匹《ひき》の子《こ》ブタをつれて、たえず鼻で地面を掘《ほ》っています。埋《う》められた指輪《ゆびわ》をさがしているのです。その指輪《ゆびわ》が見つかれば、魔法《まほう》がとけ、ブタは男爵夫人《だんしゃくふじん》にもどれるからです。奴隷制《どれいせい》の時代に、黒人たちをひどい目にあわせたので、黒人の占《うらな》い師《し》が、男爵夫人《だんしゃくふじん》と七人の子どもをブタにかえてしまったのです。

カイポラというのは毛むくじゃらで、半分が人、半分がサルで、イノシシに乗っています。旅人にあうと、煙草《たばこ》をねだります。カイポラの乗っているのは、巨大《きょだい》なキバをつきだした、どうもうなイノシシで、目の前にある障害物《しょうがいぶつ》などものともしないで、たおしていきました。

にぎやかな一団《いちだん》が去《さ》ると、フクロウの鳴き声が近くでしました。

サッシは、ふと顔をしかめ、耳をそばだてました。

「どうかしたの？」

ペドリンニョは聞きました。いやな予感がしたのです。

「おれをよんでいる。ベンタおばあさんの家で何か起《お》こったらしい。話を聞いてくる」

「え？　ぼくを一人のこして？」

ペドリンニョはびっくりして聞きました。恐《おそ》ろしい妖怪《ようかい》たちを見たあとでは、勇敢《ゆうかん》なペドリンニョも恐《おそ》れずにはいられませんでした。ひとりで真夜中、密林《みつりん》にいることがどんなに危険《きけん》なことか、今ではとてもよくわかったからです。それでも、ベンタおばあさんの家で何が起《お》こったのかが心配でした。ペドリンニョは言いました。

「行ってきていいよ。でも、すぐに帰ってきてね」

サッシは、風のようにフクロウのところへ飛《と》んでいくと、あっというまにもどってきました。顔をしかめて、言いにくそうにしています。

「なにがあったの？」と、ペドリンニョはたずねました。

「よくない知らせだ」

「どんな知らせ？」

「クッカがやってきて、ナリジンニョをさらっていった」

「えーっ!?　クッカといったら、恐《おそ》ろしい魔女《まじょ》だよね。どうしよう。ナリジンニョはぶじかな？」

ペドリンニョは、小さいころに子守りのねえやから聞いた歌を思いだしました。その歌にクッカがでてくるのです。

「おやすみぼうや
クッカがくるよ
パパイは開拓地《かいたく》に
ママイはベレン(*)に」

＊ベレン…アマゾンの都市の名。

この歌を聞くと、いつもなんだかこわくなり、すぐに目を閉《と》じて寝《ね》てしまいました。けれど、今になるまで、クッカについて聞くことはありませんでした。

「クッカはとても恐《おそ》ろしい魔女《まじょ》の女王だ。でも、ほんとうにクッカがさらったのか、ちゃんとたしかめないといけないな」

「ねえ、サッシ。すぐ帰ろうよ。フクロウがうそをついているかもしれないし」

「フクロウがうそをつくことはない」サッシはきっぱり言いました。

「ごめん。うたがっているわけじゃないんだ。うそだったらいいのになって思っただけ」

ペドリンニョは、すぐにあやまって続《つづ》けました。

「もし、クッカだったらどうしたらいいんだろう？　ねえ、サッシ。ナリジンニョを救《すく》いだす方法《ほうほう》を教えてくれるなら、きみがほしいものはなんでもあげるよ」

ペドリンニョは必死《ひっし》にたのみましたが、サッシは首をふりました。

「その方法《ほうほう》はおれにもわからないんだ。クッカは大きな魔力《まりょく》をもっていて、とても悪《わる》いやつだ。でも、なにか方法《ほうほう》があるはずだ」

二人は、ペローバの木の穴《あな》からでて、おばあさんの家へ向かいました。

夜の真っ暗闇《くらやみ》なんて、サッシにとってはなんでもありませんでした。サッシは暗闇《くらやみ》でも目がききます。けれど、ペドリンニョはそうはいきません。サッシのパイプの火だけをたよりに、ツタや切り株《きかぶ》に何度もつまずき、アリの巣《す》やアルマジロの穴《あな》に足をつっこみ、顔や腕《うで》に、切り傷《きず》やすり傷《きず》をいくつもつくりました。でも、ペドリンニョは必死《ひっし》だったので、傷《きず》の痛《いた》みは少しも感じませんでした。

「こんな速度ではだめだ。きみには、イノシシに乗ってもらうよ」

サッシがふり返って言いました。

「えっ？」と、ペドリンニョはいっしゅんひるみましたが、すぐに胸《むね》をたたきました。

「いいよ。ぼくは太った牡牛《おうし》に乗ったことがあるもの。すごく跳《と》びはねても落ちなかったよ」

「よく言った。それじゃ問題解決《かいけつ》だ。ほら、あそこにイノシシの群《む》れがやってくる。この木にのぼって、おれが合図《あいず》をしたら、両足を開いて先頭に来るやつの背《せ》にとび乗るんだ。おれは、やつの毛につかまるからな」

そうして二人は低《ひく》い木にのぼりました。イノシシの群《む》れがその下を通った時、「えいっ」と二人は飛《と》び降《お》りました。イノシシはびっくりして、くるったように猛《もう》スピードでかけていきました。

サッシは、手綱《たづな》を持っているように、うまくイノシシを運転して、目的地《もくてきち》へ向かいました。ペドリンニョは、この新しい乗り物に、しっかりつかまっているだけで精一杯《せいいっぱい》でした。

消えたナリジンニョ

長い道のりでしたが、ふと気がつくと見慣《みな》れたところまできていました。橋のそばにバルナベおじいさんの家が見え、それを通りすぎ、やがて牧草地《ぼくそうち》に入りました。そしてとうとう、おばあさんの家が見えてきました。

「さあ、飛《と》び降《お》りるぞ」

サッシの声で、ペドリンニョは、イノシシからころがり落ちるように飛《と》び降《お》りました。

イノシシは荷物がなくなったので、さっさと走《はし》り去《さ》っていきました。

二人は家に入りました。家の中は静《しず》かで、夜明けなのに灯《あか》りがついていました。

「こんな時間に灯《あか》りがついているなんて……」

ペドリンニョは、いやな予感がしました。

食堂《しょくどう》の小さな椅子《いす》には、いつものようにベンタおばあさんがすわっていました。いつもとちがうのは、両手で頭をかかえていることです。そのそばでは、ナスタシアおばさんが床《ゆか》にたおれたように伏《ふ》していました。年をとった二人はそれぞれのかっこうで、かなしみにしずんでいたのです。

「どうしたの、おばあさん？」

ペドリンニョは、はり裂《さ》けんばかりの気持ちでたずねました。

おばあさんは驚《おどろ》いて頭をあげ、泣《な》きはらした目を大きく開《ひら》きました。ナスタシアおばさんも驚《おどろ》きでいっぱいの目で、ペドリンニョを見つめました。

「ペドリンニョ、帰ってきたんだね！」

おばあさんは、うれしそうにさけびました。

「かわいい孫《まご》を一人失《うしな》うだけでもおおごとなのに、二人ともいなくなってしまったのだもの。どうしたらいいのかわからなかったよ」

「二人だって！　ナリジンニョもいなくなったの？」

「そうだよ、おまえがなにも言わないででていってしまったから、ナリジンニョは心配して、牧草地《ぼくそうち》をひとまわりしてみたんだよ。『ペドリンニョ！　ペドリンニョ！』とさけびながらね。しばらくしたら、その声がふっと聞こえなくなった。わたしは、ナリジンニョがおまえを見つけたのだと思って、ほっとしたんだ。ところが、ずっと待《ま》っても、ナリジンニョは帰ってこなかった。ナスタシアとわたしは、牧草地《ぼくそうち》をひとまわりして、バルナベおじいさんの家まで行ってみた。でも、二人ともいなかった。午後の三時だったよ。今はもう夜中の二時だ。おまえもナリジンニョもいなくなって、わたしたちはずっとなげいていたんだよ」

おばあさんはまた泣《な》きだしました。ナスタシアおばさんもそれにならいました。

ペドリンニョは、今まで自分がどこにいたかを説明《せつめい》してから言いました。

「だいじょうぶだよ、おばあさん。ぼくは、ナリジンニョがどこにいるか知っているんだ。これからつれもどしにいってくる」

「それはほんとうかい？」

おばあさんは、涙《なみだ》にぬれた目を大きくあけて、ペドリンニョをじっとみました。

「ほんとうだよ、おばあさん」

ペドリンニョは、きっぱり言いました。

「だからおちついてね。ナリジンニョとぼくは、おばあさんを驚《おどろ》かせる計画を立てたんだ。二人だけの秘密《ひみつ》にしてね。でも、明るくなったらはっきりするよ」

ペドリンニョは、わらってみせました。

「おまえたちはなんということをするんだい？　ナスタシアとわたしは、生きたここちがしなかったよ。もう一度こんなことが起《お》こったら、わたしは、早く死んでしまうにちがいないよ」

おばあさんはペドリンニョをなじりました。

「ごめんなさい、おばあさん、ナスタシアおばさん。あと一、二時間待《ま》っていて。きっとナリジンニョをつれて帰ってくるから。じゃあ、行ってくるね」

ペドリンニョは、おばあさんたちが安心するように、大声で言って家をでました。

外にでると、サッシが待《ま》っていました。

「うまいうそをついたもんだ」

「からかわないでよ。必死《ひっし》だったんだ。あんまりおばあさんがなげいているんだもの。でも、ほんとうにナリジンニョはさらわれてしまったんだね。どうしたらいいんだろう」

サッシは、ふふんと鼻をならしました。

「家のまわりの地面を調べた。ナリジンニョをさらっていったやつを追跡《ついせき》しよう」

「ナリジンニョをさらったのはだれなの？」

「クッカさ」

「クッカ！　やっぱり」

ペドリンニョは、思わず悲鳴のような声をあげました。

「おれたちは、クッカの住んでいる洞《どう》くつへ行かなければならない」

さすがのペドリンニョも、ぶるっとふるえました。

「クッカは強い魔法《まほう》の力をもっているんだよね。ぼくたちはどうしたらいいの？」

「わからない」と、サッシは首をふりました。

「とにかく言えることは、勇気《ゆうき》を失《うしな》わないことさ。クッカに魔力《まりょく》があろうと、おれたちサッシには知恵《ちえ》がある。知恵《ちえ》は、しばしば力に勝つ。このことは森で話しただろう？　さあ、元気をだしていこう。まず、乗っていくものを見つけないとな」

「それなら、ぼくのロバが牧草地《ぼくそうち》にいるよ。おとなしいから、鞍《くら》をつけずに乗っていける」

「よし、それじゃあ、ロバをつかまえに行こう」

二人が牧草地《ぼくそうち》に行くと、ロバはペドリンニョを見つけて、トコトコやってきました。ペドリンニョがロバにまたがると、サッシはそのお尻《しり》につかまりました。

「行くぞ」

ロバは、早足でかけだしました。

ロバは、今までにないほど軽快《けいかい》に、早く走りました。ペドリンニョはなんどもロバに乗っていますが、こんなに早く走るのは初《はじ》めてです。サッシの力がロバに影響《えいきょう》をあたえているのです。

「ぼくのロバが、羽の生えたペガサスのように思えるよ。すごいなあ」

ペドリンニョは、思わずつぶやきました。

「なにもふしぎなことではないのさ。生《い》き物《もの》は自分が思っているよりずっと大きな力を秘《ひ》めているものだからね。でも、いまはそのことを話している時じゃない。クッカをやっつける計画を立てているんだ」

「その計画をほんの少しでも話してくれないかなあ。ぼくの気持ちをおちつけるために」

「しかたない。その方法《ほうほう》は、ベンタおばあさんから学んだんだ」と、サッシは答えました。

ペドリンニョはびっくりしてたずねました。

「おばあさんから？　いったいどんなふうに？　おばあさんは、きみと話すことなんてなかったはずだよ」

「ああ、でも、ビンの中にいる時に話はたくさん聞いたのさ。おれの耳は地獄耳《じごくみみ》なんだ。離《はな》れた部屋の話も聞こえる。ある晩《ばん》の水のしずくの話をおぼえているかい？」

「いいや、おぼえていない。水のしずくがどう関係《かんけい》あるの？　いったい、なにをしようとしているの？」

「クッカの洞《どう》くつへ行こうとしている」

サッシは、少しふざけて答えました。それ以上《いじょう》、話したくないようなので、ペドリンニョはじゃまをしないことにしました。

ロバは早足でかけ続《つづ》け、三十分もたたないうちに遠いところまでやってきました。

「ここはどこだろう？」

ペドリンニョの来たことのない場所でした。

魔女《まじょ》クッカの洞《どう》くつ

とつぜん、サッシが指さしました。

「あっちだ！」

「あっちって、なにが？」

ペドリンニョは、サッシがさした方向を見ました。

「ごつごつとしたむきだしの岩がつらなる、けわしい山がある。その山にクッカの洞《どう》くつがあるんだ」

ペドリンニョには、黒ぐろとした大きな影《かげ》が見えるだけでした。月がでていましたが、空には雲がかかっていて、山の形ははっきり見えません。でも、足下《あしもと》は岩だらけで、ロバのひづめが岩をけるたびに火花を散《ち》らしました。けれどサッシの力のおかげで、ロバは石につまずくことなく、すいすいと進んでいきました。

「ほんとにすごいな。年とったロバとは思えないよ！」

ペドリンニョは、思わずまたくり返《かえ》しました。

サッシが、ちょっとわらって言いました。

「教えてほしいかい？　おれはロバに、ある植物の葉を七枚《まい》、食べさせたんだ」

「その植物はどういう種類《しゅるい》のものか、教えてくれればうれしいな。それがあれば、足のおそいロバでも、軍馬《ぐんば》ブケファロスにすることもできるね」

「ブケファロスってなんだい？」

「アレキサンダー大王の愛馬《あいば》のことだよ。とても気のあらい馬で、大王しか乗りこなすことはできなかったんだけど、とても偉大《いだい》な馬だったんだ」

「そうか。だが、今はもうだまっていてくれ。おれたちはクッカの国に入った。年をとった恐《おそ》ろしい魔女《まじょ》は、おれよりするどい耳を持っているんだからな」

ペドリンニョは、すぐに口をつぐみました。

ちょうど雲から月がでてきて、あたりがさあっと明るくなりました。すぐ前方に、黒い岩山が壁《かべ》のようにそそりたっていました。岩のさけ目から、何本かの木が曲がって生えています。どこかしら地獄《じごく》を思わせる光景《こうけい》でした。ここにきたらだれでも、不気味《ぶきみ》さにふるえることでしょう。恐《おそ》ろしい魔女《まじょ》クッカが住むのにふさわしいところでした。

「あそこ、」

サッシが低《ひく》くつぶやきました。指さす先には、黒ぐろとあいている岩穴《いわあな》がありました。

「クッカの洞《どう》くつの入り口だ」

「どうしてわかるの?」

ペドリンニョは、うっかりたずねました。

「なんて質問《しつもん》だ!」

サッシはひにくっぽく答えました。

「おれは知っている、クッカがどこに住んでいるか。それを知らなくちゃサッシじゃない」

「ごめん」と、ペドリンニョはすぐにあやまりました。

「いや、もういい。それより木の葉で変装《へんそう》したほうがよさそうだな」

「木の葉で変装《へんそう》だって!?」

「さっさと、おれと同じようにするんだ」

サッシは、近くの木から手にいっぱいの葉をとってきました。ペドリンニョもそれにならいました。次にツルをちぎって、体のまわりに葉を巻《ま》きつけていきました。

二人は、葉っぱの茂《しげ》みに変装《へんそう》したのです。二つの動く茂《しげ》みは、数メートルを二十分もかけて、一歩、一歩、恐《おそ》ろしい魔女《まじょ》の洞《どう》くつへ近づいていきました。

洞《どう》くつの入り口は真っ暗でした。でも、一つの角を曲がると、突然《とつぜん》、明るくなり、向こうにクッカがいるのが見えました。二つの茂《しげ》みは止まりました。

クッカは、たき火の前にすわっていました。その恐《おそ》ろしい姿《すがた》といったら、ワニのように口が大きく裂《さ》けていて、タカのようにするどく長いつめを持っていました。三千年以上《いじょう》も生きていると言われるとおり、顔はしわだらけで、体はごつごつしていました。

「おれたちは運がよかったようだぞ」と、サッシはささやきました。

「クッカは七年に一晩《ひとばん》だけねむるという。おれたちはちょうどその夜にあたったんだ」

「どうしてそんなことを知っているの？」

ペドリンニョがたずねると、サッシはきっと目をつりあげました。

「もし、もう一度質問《しつもん》したら、ここに置《お》き去《ざ》りにするぞ」

ペドリンニョは、あわてて口をつぐみました。

「さて、念《ねん》には念《ねん》を入れろだ。ねむりをもっと深くしてやろう」

サッシはパイプの火で、一枚《いちまい》の葉に火をつけました。

煙《けむり》がクッカの鼻先にただよっていくと、クッカは、がっくりと頭をたらし、いびきをたてはじめました。

「これで、十分ねむりに落ちた」

サッシは、ふりかえって言いました。

「さあ、葉っぱの着物をぬいでツタをさがしに行こう。強いなわのようなツタだ。それでクッカをしばりあげるんだ」

二人は、葉っぱを落とすと、満足《まんぞく》して洞《どう》くつをでました。なぜなら、すべてのことがすばらしくうまくいっていたからです。

クッカをしばりあげる

二人は、長いツタを切り、それを二つの大きなボールにまるめて、運びました。洞《どう》くつからは、クッカの大きないびきが聞こえていました。クッカは、七年分のねむりをむさぼっているのです。

二人は、クッカの足先から頭まで、ツタでしばっていきました。

ペドリンニョは、サッシのやりようにひどく感心していました。小さな体のサッシは、クモが巣《す》にかかったハエをしばるように、少しのゆるみもなく、クッカをしばりあげていきました。ペドリンニョだけでやったら、とてもこうはいかないでしょう。

「クッカが目をさました時に、少しも身動きできないようにしばらなくてはならない」

サッシは説明《せつめい》しました。

「もし、少しでも動ければ、それがどんなに少しであってもなわがゆるむ。そして、ゆるみは広《ひろ》がっていって、最後《さいご》にはクッカを自由にしてしまうだろうよ」

しばり終えると、クッカはツタのぐるぐる巻《ま》きにかわっていました。

「できた！」ペドリンニョはさけびました。

「こんなにうまくしばれたことはないよ。たとえクッカが百頭の象《ぞう》くらいの力を持っていたって、ぼくたちのしばりからは逃《に》げられない！」

サッシは、「ぼくたちの」という言葉を聞いたとき、ちょっとほほえみました。そして、額《ひたい》の汗《あせ》をぬぐって言いました。

「さあ、クッカを起《お》こそう」

「それはぼくにやらせて。木の枝《えだ》で打ってやろう」

「ダメだ！　三千年も生きた妖怪《ようかい》には、きみのような少年のムチなんてかゆいだけさ。力ではかなわない。知恵《ちえ》を働《はたら》かさなければね」

サッシは、ちょっと考えてから言いました。

「水のしずくを使うんだ」

「水のしずくだって？」

「それがただ一つの方法《ほうほう》だよ」

サッシは片目《かため》をつぶってみせました。ペドリンニョはわけがわからず、口をあけてサッシの行動を見ていました。サッシは、洞《どう》くつの天井《てんじょう》から垂《た》れ下がっている鍾乳石《しょうにゅうせき》を、スルスルとよじのぼり、クッカの頭の上にある石にたどりつきました。そして、石から垂《た》れる水を、クッカの額《ひたい》の真《ま》ん中《なか》にしたたり落ちるように調整しました。

「これでいい」サッシはうなずきました。

「最初《さいしょ》のうちはなにも感じない。でも、しばらく続《つづ》けていると、痛《いた》みが少しずつ広《ひろ》がって、やがて、やられたと思うのさ」

「そうだったのか！」

ペドリンニョはやっと思いだしました。前におばあさんが、「長く生きた妖怪《ようかい》の力をおさえるには、きれいな水のしずくを使うといいんだよ」と話していたのを。

「そうさ。きみのおばあさんはそのことを知っていた。おれも、おばあさんから学んだのさ。さっきも言っただろう。でも、おれだけが注意深く聞いて、学んだことを利用《りよう》した。わかったかい？　賢《かしこ》いっていうのは、知識《ちしき》をちゃんととり入れて、使うべき時にとりだせる者のことなのさ。そう思うだろ？」

ペドリンニョは言いかえせませんでした。たしかにその通りです。

水のしずくがクッカの額《ひたい》に落ちはじめました。最初《さいしょ》の百滴《てき》では、なんの変化もありませんでした。クッカは気持ちよさそうにねむっていました。けれど、しばらくすると、そのねむりはそれほど安らかなものではなくなり、クッカは、なにか恐《おそ》ろしい夢《ゆめ》を見ているかのように、しかめっつらにかわりました。さらに、とうとう片方《かたほう》の目をあけ、それからもう一方もあけました。

しばらくは、自分をじっと見ているサッシとペドリンニョを、ぼうっと見ていました。だんだんに頭がはっきりしてくると、クッカの目に力がもどりました。

すると、水のしずくが額《ひたい》に落ちているのに気がつきました。のがれようとしてはじめて、自分がツタでぐるぐる巻《ま》きにされ、少しも身動きできないことがわかったのでした。

クッカとのとりひき

クッカの怒《いか》りは、ぞっとするようなものでした。十レグア（六六キロメートル）も遠くまで響《ひび》くようなうなり声をあげました。それはあまりに恐《おそ》ろしい声だったので、ペドリンニョはもう少しで逃《に》げだすところでした。続《つづ》けて、またクッカがうなりました。もう一度。そして百回以上《いじょう》も……。

サッシは、クッカをにらみつけていました。ペドリンニョもどうにか洞《どう》くつにとどまっていました。

「もっと、うなれ、魔女《まじょ》め！」

サッシは、クッカに負けないようにさけびました。

「いくらでも、うなれ。うなり声なんてなんの影響《えいきょう》もない。水のしずくは、百年だって同じところに落ち続《つづ》けるんだ。おまえが恐《おそ》ろしい魔女《まじょ》だということを、おれは知っている。でも、水のしずくが魔力《まりょく》をおさえている時になにができる？　やれるものならやってみろ」

水のしずくがクッカにあたえる痛《いた》みは、一滴《いってき》ごとに大きくなっていくようでした。新しい一滴《いってき》は、その前の一滴《いってき》より大きい苦痛《くつう》となり、苦痛《くつう》はどんどんひどくなっていくのです。百年どころか、一か月でさえ耐《た》えられないようでした。

「このいまいましい水のしずくを止めろ！」

クッカは、恐《おそ》ろしい声でうなりました。

「止めろだって？　じょうだんじゃない、はじめたばかりなのに！　もし百年間で足りないなら、さらに百年間、落ち続《つづ》けるようにしようか？　二百年間、水のしずくの下にいるなんてすてきだろ。そうは思わないか？」

クッカは、怒《いか》りで口から泡《あわ》を吹《ふ》き、傷《きず》ついた十万頭のオンサくらいのうなり声をあげて、天地をゆるがせました。

けれど、とうとう、どうやってもこの状況《じょうきょう》からのがれられないのに気づくと、態度《たいど》をがらりとかえました。

「おい、小さいの。この水のしずくをとりのぞいておくれ！　あわれな年よりを苦しめてなにが楽しいんだい？」

「あわれな年よりだって？　だれのことを言っているんだい？」

サッシはわらいました。

「知らないやつが聞いたらだまされるかもしれないが、おれはサッシだぞ。おまえが恐《おそ》ろしい力をもった魔女《まじょ》だって知っている。そして、ナリジンニョをさらったということもな」

魔女《まじょ》の顔色がかわりました。どうしてこうなったのか、原因《げんいん》がやっとわかったのです。

「ナリジンニョがどこにいるかしゃべってしまえ。そうでなければ、お前は、今までにない大きな苦しみの中でずっとすごすことになる。おっと、おれたちをだますようなことはやめろよ」

サッシは、クッカをにらみつけました。

「おまえの言うとおりにしよう。しかし、まず、この水のしずくをどかしておくれ」

「わかった」サッシはうなずきました。

「え？」

ペドリンニョはちょっとふるえました。

サッシはスルスルと鍾乳石《しょうにゅうせき》をよじのぼって、細い水の流れをわきへそらせました。

クッカは、ほっとひと息入れてから言いました。

「おまえたちがさがしている人間の少女なら、魔法《まほう》で閉《と》じこめてある。この魔法《まほう》はかけたものでもかんたんにとけないのだ。もし、イアラの髪《かみ》の毛《け》を一本とってきたら、魔法《まほう》をとくことができる」

「わかった、そうしよう。おれたちは、イアラの髪《かみ》の毛《け》をとりにいく。もし、髪《かみ》の毛《け》を持ってきても、おまえが魔法《まほう》をとかないときは、水のしずくを額《ひたい》に十万年落とすからな。わかったか？」

サッシはそう言いながら、クッカに背《せ》を向けました。ペドリンニョもあわてて、サッシといっしょに洞《どう》くつをでました。

水の精《せい》イアラ

「ねえ、だいじょうぶ？」

ペドリンニョは心配そうに聞きました。

「イアラは人魚で、とっても危険《きけん》な生《い》き物《もの》だって、おばあさんが話していたよ」

「たしかに危険《きけん》だ」

サッシは断言《だんげん》しました。

「いくら注意しても注意しすぎることはないな。イアラの美しさは人間の目を見えなくしてしまう、とても危険《きけん》なものなんだ。そして、水の底《そこ》へ引っぱりこむ。だから、きみはおれの言うとおりにしろよ。そうでないと、ベンタおばあさんのもう一人の孫《まご》も、ほんとうの行方不明《ゆくえふめい》になってしまうからな」

「わかった、きみの言うとおりにするよ」と、ペドリンニョは約束《やくそく》しました。

サッシはうなずいて言いました。

「イアラの住んでいる滝《たき》は、この丘《おか》をこえた向こうの森の奥《おく》にある。イアラは水の女王で、月の夜、岩の上にでて、金のくしで美しい緑の髪《かみ》をとかしているんだよ」

二人は、丘《おか》をこえ、森の奥《おく》深くまでやってきました。やがて、ザーザーという滝《たき》の音が遠くから聞こえてきました。木々の間を縫《ぬ》っていくと、とうとう大きな滝《たき》にでました。

「いた。イアラだ」

サッシはささやきました。

「でも、きみは見るな。けっして見てはだめだぞ。もし見れば目が見えなくなる。でもそれは運がよいときだ。運が悪《わる》ければ命をとられるからな」

ペドリンニョはうなずき、すぐに両手で目をおおいました。

サッシは、岩から岩へひょいひょいと飛《と》びうつって、たちまち、野生のウラジロとベゴニアの茂《しげ》みの間に消えてしまいました。

じつは、ペドリンニョはこの時まだ、目を閉《と》じていませんでした。指の間から、サッシをそっと見ていたのです。そして、目を閉《と》じていると約束《やくそく》したことを後悔《こうかい》しました。オオカミ男もカイポラもクルピラもクッカも見て、どうして、イアラだけ見ないで帰れるでしょうか?

「きっと、サッシは大げさに言ってるんだ。だって、だれも見たことがないなら、どうしてイアラのことを知っていたのだろう。きっと少し見るだけならだいじょうぶさ。そうだ、いい方法《ほうほう》がある。片目《かため》でのぞいてみよう」

ペドリンニョには、もし片方《かたほう》の目が見えなくなっても、有名な人魚のイアラを見ることのほうが大切に思えました。

「そうだ、イアラを見るためなら目を一つ失ってもかまわないさ」

ペドリンニョは誘惑《ゆうわく》に負けて、すぐに岩から岩へサッシの後を追いました。

とつぜん、ペドリンニョは雷《かみなり》に打たれたように立ち止まりました。高い岩を飛《と》びこしたそのとき、五十メートルほど向こうに、まぶしいばかりに美しい水の精《せい》イアラがいたのです。コケの生えた岩の上にすわり、海のように深い緑色をした長い髪《かみ》を、月の光にきらきら輝《かがや》く金のくしでといていました。

ちょうどそこは川の流れが止まっていて、丸い盆《ぼん》のようになっていたので、その美しい姿《すがた》は、水の鏡《かがみ》にも映っていました。イアラのまわりには、何百ものホタルが空中に円を描《えが》いて飛《と》んでいました。それは、水の精《せい》の生きた冠《かんむり》のようでした。

「ほんとうに美しい宝石《ほうせき》そのもののようだ」

ペドリンニョはため息をつきました。地上のどんな女王よりも美しい、水の女王イアラ。その姿《すがた》の魔法《まほう》がペドリンニョをとらえました。片方《かたほう》の目で見るという計画を忘《わす》れて、ペドリンニョは両目を大きく見開《みひら》いて、ただただイアラを見ていたのです。百の目があればすべてを見開《みひら》いて、そのありったけを見ようとしたでしょう。

その時、サッシは、気づかれないように注意深く、イアラの数メートルのところまで近づいていました。最後《さいご》に、ネコのようにひとっ飛《と》びして、さっと髪《かみ》の毛《け》一本をつかみました。イアラの驚《おどろ》きは、たいへんなものでした。大きなさけび声をあげ、あっというまに水の中に飛《と》びこんで消えてしまいました。

サッシは、髪《かみ》の毛《け》をにぎると、またサルのようにすばしっこく、岩を飛《と》びこしてもどりました。ペドリンニョは、目を見開《みひら》いたまま、銅像《どうぞう》のように立っていました。

「バカヤロー!」

サッシはさけび、あたりを見回しました。そして、いくつかの葉を調べてちぎると、もどってきて、ペドリンニョの目をすばやく数回こすりました。

「きみはなぜ、おれの言うことを聞かなかったんだ!?」

ペドリンニョは、思わず目の痛《いた》さにしゃがみこみました。

「ゆっくり目をあけてみるんだ」

ペドリンニョは、目をしばたたかせ、それから目をあけました。ぼんやりと、サッシの赤いぼうしが見えました。

「見えるかい?」

ペドリンニョはうなずきました。

「よかった」

サッシは、ほっと息をつきました。

「もし、この木の茂《しげ》みがなかったら、きみの目は永遠《えいえん》に見えなくなってしまうところだったんだぞ。きみはバカだ。最高《さいこう》のおろか者だよ」

「どうしようもなかったんだ……」

ペドリンニョは、やっと口がきけるようになりました。

「だって、イアラはほんとうに美しかったんだもの。少しでも見ることができれば、両方の目をあげてもいいと思ったよ」

「なにを言ってるんだ。目が見えなくなったら、ベンタおばあさんや、おかあさんやナリジンニョがどんなにかなしむだろうかってことを考えなかったのか？　それに、目が見えるということがどんなに重要《じゅうよう》だか、きみにわからないはずはないだろう？」

ペドリンニョは、イアラの魔法《まほう》がとけて、頭がはっきりしてきました。そして、サッシの言葉がもっともだということに気がつきました。自分の軽はずみな行動を反省《はんせい》して、ペドリンニョは首をたれました。

「さて、」

サッシが勇気《ゆうき》づけるように言いました。

「危険《きけん》は去った。そして、イアラの髪《かみ》の毛《け》も手にいれた。クッカの洞《どう》くつにもどろう。大急ぎだ。夜が明けるころに、ナリジンニョを家につれてもどると、ベンタおばあさんに約《やく》束《そく》しただろう？」

クッカと対決

二人は、走ってクッカの洞《どう》くつへもどりました。

魔女《まじょ》は、ツタでしばられてはいましたが、大きく裂《さ》けた口元にわらいを浮《う》かべ、ぶつぶつ何かつぶやいていました。

二人が洞《どう》くつへ入っていくと、クッカは驚《おどろ》きの表情《ひょうじょう》を浮《う》かべ、体をふるわせ、怒《いか》りと絶《ぜつ》望《ぼう》で顔をゆがませました。二人がぶじに帰ってくるとは思わなかったのです。

「おまえたちはイアラに会わなかったのか？」

クッカは、悪《わる》だくみを顔に表《あらわ》してさけびました。

「会ったさ。会わなければ髪《かみ》の毛《け》はとれないじゃないか」

サッシはなんでもなさそうに答えました。

「イアラの髪《かみ》の毛《け》をとってきたのか？」

クッカは、驚《おどろ》いたように聞きました。

「あたりまえさ！　目をあけてよく見てみろよ」

サッシは、一本の長い緑の髪《かみ》を、クッカの目の前にさしだしました。

「うう〜」

クッカは、それがほんとうにイアラの髪《かみ》の毛《け》だと知ると、ツタのぐるぐる巻《ま》きの中で必《ひっ》死《し》にもがきました。けれど、少しも自由になれなかったので、わめきながら、口から毒《どく》のある泡《あわ》を吹《ふ》きとばしました。

クッカが、二人をイアラの魔力《まりょく》で殺《ころ》してしまおうと思っていたのが、明らかになりました。サッシは、クッカをにらみつけました。イアラの髪《かみ》の毛《け》で魔法《まほう》をとくというのは、うそだったのです。クッカは策略《さくりゃく》が失敗《しっぱい》に終わったので、怒《いか》りと屈辱《くつじょく》でもがいているのです。こんな小さな妖怪《ようかい》と人間の少年にしてやられるなんて、と……。

けれどずるがしこいクッカは、さっと態度《たいど》をかえて、親しそうに語りかけました。

「すばらしい！　よくイアラの髪《かみ》の毛《け》をとってきたな。だが、それだけでは魔法《まほう》はとけない。さらにカイポラのヒゲが必要《ひつよう》だ」

「そうかい。わかったよ、クッカ。カイポラのヒゲなら鍾乳石《しょうにゅうせき》の上にあるだろ？」

サッシは、鍾乳石《しょうにゅうせき》をふたたびよじのぼろうとしました。サッシは、水のしずくを落とそうとしているのです。クッカはだますことに失敗《しっぱい》したと悟《さと》りました。

クッカは、くやしげに深いため息をつきました。

「いやらしい水のしずくめ！　おまえたちは、このクッカ様に勝てる、世界でただ一つの武器《ぶき》を知っていたというわけだ」

二人は顔を見あわせました。ペドリンニョの顔はよろこびにあふれました。

「まだ安心してはだめだ」

サッシはクッカに向き直りました。

「さあ、ナリジンニョの魔法《まほう》のとき方を教《おし》えろ」

「わかった。おまえたちの望《のぞ》みを聞いてやろう。家にもどり、水瓶《みずがめ》のそばの青い花をさがすんだ。その花びらをむしりとって、夜明けに吹《ふ》く風にまくのだ。ナリジンニョは石にかえてある。すぐに、もとの姿《すがた》にもどるだろう」

「でも、もし、それがうそだったら？」

ペドリンニョは不安《ふあん》そうにたずねました。

クッカは、二人を見て断言《だんげん》しました。

「今度こそほんとうだ。もし信《しん》じられないなら、家へもどってためしてから、ここへ帰ってきてツタをほどけばいい。これからは、ベンタおばあさんの家の人にはけっして魔法《まほう》をかけないと約束《やくそく》する」

二人は、顔を見あわせ、うなずきました。

魔法《まほう》をとく

ふたたびおばあさんの家にもどると、ちょうど夜が明けようとしていました。ベンタおばあさんとナスタシアおばあさんは、起《お》きて待《ま》っていました。

ペドリンニョが入っていくと、二人は同時にさけびました。

「ナリジンニョをつれてきたの？」

「はい」

ペドリンニョは、魔法《まほう》がとけるかどうか心配でしたが、そう答えました。二人とも、心配で胸《むね》のつぶれそうな思いをしているとわかったからです。

「もう少しだけ待《ま》って。いま、つれてくるからね」

ペドリンニョは、外へでて、壁《かべ》のそばにある水瓶《みずがめ》のまわりをさがしました。そして、片《かた》すみに青い花を見つけると、さっとひろいあげました。その花は、とてもふしぎな形で、今までに見たことのない花でした。

ペドリンニョは、クッカが言ったように、花びらをむしりとると、夜明けの風に散《ち》らしました。

「もどっておいで、ナリジンニョ！」

花びらは風に舞《ま》って消えました。すると、ふしぎなことが起《お》こりました。広場にある石のひとつが、ふくれはじめたのです。石は、だんだんに人の形にかわっていきました。やがて、それは女の子だとわかるようになり、最後《さいご》にはナリジンニョにもどりました。

「ナリジンニョ！」

ペドリンニョはかけよって、ナリジンニョの手をとりました。ベンタおばあさんに約束《やくそく》したように、とうとうナリジンニョをとりもどしたのです。

「おばあさん、ナスタシアおばあさん、来て！」

ペドリンニョがよぶと、二人は家からでてきて、ナリジンニョに飛《と》びつきました。そして、泣《な》きながらだきしめました。

「いったいなにが起《お》こったんだい？」

ベンタおばあさんは、たずねました。けれど、ナリジンニョは、まだぼんやりしていて、ほとんどなにも思いだせませんでした。家に帰って、みんなでお茶を飲みはじめると、しだいに頭がはっきりしてきました。

「だんだん、思いだしてきたわ」 ナリジンニョは、額《ひたい》に手をあてながら話しました。

「わたしは、ジャボチカバの木の下にいたの。そうしたら、とっても年をとったおばあさんが、よろよろとやってきたの。わたしが、『どうしましたか、おばあさん？』とたずねると、『美しい花を見つけたんだよ。おまけにすばらしい匂《にお》いがするんだ。あなたにあげようね、どうぞ』と言って、青い花をさしだしたの。花をうけとって、匂《にお》いをかいだら、体が固《かた》くなって話せなくなり、石になっていたの。あとはおぼえていない。気がついたら、ペドリンニョが目の前にいたわ」

それを聞いて、ベンタおばあさんは、ペドリンニョがうそをついていたことがわかりました。自分がかなしみでうちのめされてしまわないようにそうした、ということも。ですからおばあさんは、だまってペドリンニョのうそを許《ゆる》すことにしました。

おばあさんは、ペドリンニョがナリジンニョのために、恐《おそ》ろしい魔女《まじょ》クッカと戦《たたか》ってきたことも知りました。

「おまえはほんとうの英雄《えいゆう》だよ。すばらしい勇気《ゆうき》をもっている。ありがとう、ペドリンニョ。おまえの冒険《ぼうけん》は、少年のすばらしい活躍《かつやく》として本に記録《きろく》されるだろうよ」

「ちがうんだ、おばあさん」

ペドリンニョは首をふりました。

「ぼくだけじゃなにもできなかったよ。サッシがいたからなんだ。ほとんどはサッシがやったことなんだよ。おばあさんが感謝《かんしゃ》する相手は、サッシだよ」

ペドリンニョは、ふり向きました。

「あれ？」

そこにサッシはいませんでした。

「サッシ、どこにいるんだい？　でてきて！」

ペドリンニョはよびましたが、サッシはどこにもいませんでした。

「サッシ！　でてきて」

みんなはさがしまわりましたが、サッシはもう消えていたのです。

「ひどいやつだ！　ひとりでクッカのなわをときにいったんだ。また冒険《ぼうけん》にでかけてしまった」

ペドリンニョとナリジンニョはかなしくなって、さけびました。

「おまけに、あいさつもしないで……」

夜になって、ナリジンニョが部屋にもどると、枕《まくら》の上に、小さな花たばがのっていました。

「わすれな草だわ。『わたしのことをわすれないで』というサッシからのメッセージなのね。サッシって詩人のよう。すてきだわ」

ナリジンニョは感動したように言いました。

魔法をとく

訳者あとがき

小坂允雄

この本は、それまでヨーロッパの作品の紹介が中心であったブラジル児童文学の世界に、民話や伝説に基づく独特の作品を多く発表して、同国の児童文学の創始者として、世界に知られるようになったモンテイロ・ロバートの最も有名な作品の翻訳です。

モンテイロ・ロバートは、一八八二年サンパウロ州タウバテ生まれ、両親とは幼少の頃に死別し、その後、法律学を学びましたが、一九一一年、育ての親である祖父（子爵）も亡くなり、広大な農場（鶏・豚の飼育、コーヒー・トウモロコシの生産など）を受け継いで、その経営に力を注ぎました。幼い頃から親しんだこの農場の図書室の本、風景や生活や出来事、そこで働く人々から聞いた昔話などがこの本のもとになったのです。

しかし、一九一七年には、農場の経営を続けることが困難となり、それを売却して、サンパウロに出て、出版社を購入、著作者、編集者、ジャーナリストとして、本来念願の活動を始めるようになり、その生涯を通して、政治・経済・歴史・文化などの広い分野にわたって、多くの著作を発表しました。

当時のブラジルは、約三〇〇年続いたポルトガルの植民地から独立（一八二二年）して、ほぼ一〇〇年が経った頃で、まだその遺制が多くあり、出版社も十分に育っていませんでした。奴隷制は、一八八八年、ロバートが六歳の時に廃止されたばかりで、奥地の農場では、それ以前とあまり変わらない状況でした。

モンテイロ・ロバート（Editora Globo "O Saci" 2011より）

ロバートの著作は、何よりも、この時代のブラジルの現実を批判し、人々の生活向上のための改革を推進しようとするものでした。一九二〇年代後半には、政府の商務官として、ニューヨークに滞在し、米国の繁栄と世界恐慌の体験から、帰国後は、砂糖やコーヒー中心の農業経済から、石油・鉄鉱資源などの自主開発とそれに基づく工業経済への移行を強く主張し、自らも石油と鉄鋼の会社を設立するほどでした。石油開発をめぐっては、政府の政策を批判して、当時のバルガス大統領に逮捕・監禁されたこともありました。

他方で、一九二〇年代に、ロバートは、次代を背負う子どもたちの世界にも関心を向け、そのために、ブラジルの風土・歴史・文化に基づく物語から、世界の地理・歴史・科学などを紹介するもの、グリムやアンデルセンなどの翻訳とそれらの登場人物がブラジルで活躍する翻案など、多岐にわたる作品を生み出しました。その内容は、ヨーロッパ、アフリカ、先住民などの多様な文化を受容してきた柔軟なブラジル社会を反映しています。本書の主人公のサッシもまた、これら諸文化の要素をもっていると言うことができます。

生誕一〇〇周年記念として一九八二年に出版されたロバートの『児童文学全作品集』（全一巻）には、

ブラジルで出版されたサッシの本

一九二〇年代から刊行され、多くの版を重ねてきた計二三の作品が収められており、いずれも、有名な「黄色いキツツキ荘」を舞台に、ベンタおばあさんを中心とする個性ある家族が大活躍するものです。この愉快でユニークな仲間やサッシなどの妖怪や魔女たちの物語は、子どもたちを夢中にさせ、全国の小学校にも置かれて、ブラジルでは、知らない人がいないくらい有名になりました。近年、その主人公は漫画やテレビにも登場し、子どもたちの人気者になっています。

ロバート作品の魅力は、ブラジルの多様な文化に根差す奔放なストーリーのおもしろさとともに、登場する子どもたちの自主性のある発言や行動にあるといえます。子どもたちの良き理解者で、聡明で厳格なベンタおばあさんや、昔話をたくさん知っていて料理の上手なナスタシアおばさんが話す物語に対して、好奇心の強いペドリンニョや賢い従妹のナリジンニョは、次々と質問し、意見を言い合い、議論をします。作品によっては、トウモロコシの芯で出来たサブゴーザ子爵や、ナスタシアおばさんの布きれで作られた人形のエミリアと子ブタのラビコ侯爵が、仲間として加わります。人形や子ブタたちも物語の中で自由に活躍するとともに、著者の分身として、戦争、生命、自然といったテーマを議論し、大人の人間の愚かさを指摘するのです。ロバートは、子どもたちに文化や伝統、教訓を伝えるだけでなく、それからの自立をも促していることがで

いろいろなエミリアの人形とサッシの人形（前列右）

きるでしょう。

モンテイロ・ロバートは、第二次大戦後の一九四八年に、六六歳でその生涯を閉じました。ロバートは、ブラジルが古い体制から脱却し、新たな発展を模索しつつある転換期に、その先駆者としての役割を果たしたといえます。その業績に対する評価は一様ではありませんが、タウバテの生家は博物館として保存され、サンパウロには記念図書館が設立されています。彼の誕生日、四月十八日はブラジルの「本の日」となり、全国で行事が開催されます。

また、二〇〇〇年代に入って、サンパウロ州をはじめ一〇以上の州・市で「サッシの日」が制定され、この小妖怪は、ブラジルの文化と伝統を守るシンボルになっています。

日本では、残念ながらロバートの業績については、まだ十分な紹介がされていない状況なので、本訳書が、日本人のブラジル理解を深めるための一助ともなれば幸いです。

この本の制作には多くの方々の協力をいただきました。

ブラジルに長く滞在し、ロバート探究を続けてこられた井上由巳子さんにお会いしたことが本書を出版するきっかけとなりました。井上さんは、本書の「サッシ」を主人公にした紙芝居を作って、子どもたちのところを回っておられます。あとがきに掲載したサッシの本やエミリアの人形は井上さん所蔵の物です。東京外国語大学名誉教授金七紀男さんにも貴重なコメントをいただきました。また、妖怪や動植物をどう描くか、ご苦労をかけたイラストレーターの松田シヅコさん、そして「子どもの未来社」代表の奥川隆さんにお礼を申しあげます。

なお、訳出にあたっては、日本の子どもたちが理解しやすいように、最小限の補筆と修正を加えました。本書にもし誤りがあるとすれば、訳者の責任です。

＊本作品は九〇年以上前にブラジルで書かれたもので、一部に今日の人権意識に照らして不適切と懸念される表現や語句が見受けられます。作品の書かれた時代背景を考慮するとともに、作者がすでに故人であるため、原著作を尊重しつつ、表現に注意して翻訳しました。

作者／モンテイロ・ロバート（Lobato, Monteiro）
1882年サンパウロ州タウバテ生まれ。農園主、実業家、ジャーナリスト、作家。多くの著作を通してブラジル独特の歴史・文化を擁護し、自立的な政治・経済発展を主張した。1920年以降ブラジルの民話・伝説に基づく子ども向け作品を著わし、また欧米の作品を翻訳、紹介し、ブラジルの児童文学の創始者として世界に知られるようになった。大抵のブラジル人は小さいころに、彼の作品を読んでいたか読まなくても彼の作品やその主人公の名前を知っていると言われている。

訳者／小坂允雄（こさか・まさお）
1934年、神戸生まれ。神戸大学経済学部卒。アジア経済研究所、天理大学に長年勤務し、ラテンアメリカ調査・研究・教育に従事。その間ブラジル、アルゼンチンに滞在。ブラジル滞在中に、ロバートの産業開発の著作に接し、さらに子ども向けの作品を知り、本書訳に着手した。2003年退職。房総在住。

絵／松田シヅコ（まつだ・しづこ）
デザイナー・イラストレーター。東京都日野市在住。さし絵に『蛇神の杯』（長崎出版）、『リューヤと魔法の本③』（さんこう社）、デザインに『妖怪の日本地図』全6巻（大月書店）など。

編集協力／堀切リエ（ほりきり・りえ）
DTP／松本ゆかり　シマダチカコ

いたずら妖怪《ようかい》サッシ　密林《みつりん》の大冒険《だいぼうけん》

2013年10月25日　初版1刷印刷
2013年10月25日　初版1刷発行
定価はカバーに表示してあります。
訳　者　小坂允雄
発行者　奥川　隆
発行所　子どもの未来社
〒102－0071 東京都千代田区富士見2－3－2 福山ビル202
Tel. 03-3511-7433　Fax. 03-3511-7434
振替 00150-1-553485
http://www.ab.auone-net.jp/~co-mirai
E-mail: co-mirai@f8.dion.co.jp
印刷・製本　シナノ印刷株式会社

ISBN978-4-86412-062-3 C8098
NDC990/160ページ/22×15cm